Klarant Verlag

Die gebürtige Ostfriesin ***Sina Jorritsma*** aus der Krummhörn studierte in Hamburg Germanistik und Philosophie, bevor sie wieder in ihre Heimat zurückkehrte. Sie veröffentlicht unter Pseudonym, weil sie ihre Umgebung genau beobachtet und Ereignisse aus ihrem Leben in ihre Geschichten einfließen. Das Romaneschreiben ist ihr kleines Geheimnis, das nur wenige Menschen kennen. Bei einer großen Kanne Ostfriesentee mit Sahne und Kluntjes kann sie halbe Nächte durchschreiben, tagsüber hält sie sich mit Joggen fit. Sina Jorritsma lebt mit ihrer Familie in einem kleinen Ort bei Emden.

Sina Jorritsma

Friesenwürfel

Ostfrieslandkrimi

Klarant Verlag

Klarant Verlag, www.klarant.de – www.ostfrieslandkrimi.de
ISBN: 978-3-96586-795-6
1. Auflage 2023
Umschlagabbildung: Klarant Verlag

Printed in the EU.

Kapitel 1

Kommissarin Mona Sander und Oberkommissar Enno Moll waren auf einer Routinepatrouille am Borkumer Inselbahnhof unterwegs, als die Ermittlerin von der Wache kontaktiert wurde. Sie zog das Handfunkgerät aus der Tasche ihrer dunkelblauen Windjacke: »Ja, Grietje?«

»Macht ihr schon wieder Pause?«, wollte die freche Polizeimeisterin wissen. »Oder führst du heimlich deinen Hund spazieren, anstatt Taschendiebe zu jagen?«

Mona antwortete: »Das trifft beides nicht zu. Hast du Langeweile oder gibt es einen anderen Grund, aus dem du mir auf den Wecker gehst?«

»Hier hat gerade eine Melderin namens Elsa Blank angerufen. Wenn ich sie richtig verstanden habe, dann ist sie mitten auf der Bismarckstraße beklaut worden. - Ich möchte nicht in eurer Haut stecken. Wenn der Chef herausfindet, dass quasi direkt vor eurer Nase ein Eigentumsdelikt ...«

Die Kommissarin fiel ihrer Kollegin ins Wort: »Wir kümmern uns um den Fall. Hättest du die Güte, mich genauer zu informieren? So kurz ist die Bismarckstraße bekanntlich nicht.«

»Die Melderin sitzt im Außenbereich vor dem *Pferdestall.* Sie scheint in Begleitung von einigen Bekannten zu sein und hat ein wenig zu tief ins Glas geschaut. So kam es mir jedenfalls vor.«

»Wir sprechen umgehend mit der Dame.«

Mit diesen Worten beendete Mona den Funkkontakt und steckte das Gerät wieder weg. Enno warf ihr einen fragenden Blick zu. Sie schaute zu dem stämmigen Zweimetermann auf, was angesichts ihrer Körperlänge von nur eins dreiundsechzig unumgänglich war. Die Kommissarin berichtete, was sie soeben erfahren hatte. Der Ostfriese schaute auf seine große zerschrammte Herrenarmbanduhr und sagte: »Ein angeheitertes Verbrechensopfer am frühen Nachmittag? Hoffen wir mal, dass die Frau trotzdem eine brauchbare Täterbeschreibung abgeben kann.«

Während die Kriminalisten miteinander redeten, beschleunigten sie ihre Schritte und eilten über den langgestreckten Bahnsteig auf die nahegelegene Bismarckstraße zu. Sie verband den Inselbahnhof mit dem Strand und war auf Borkum eine äußerst beliebte Gastromeile.

Lokale wie das *Lord Nelson*, die *Black Pearl* und eben der *Pferdestall* reihten sich aneinander wie Perlen auf einer Schnur. Urlauber auf der Hochseeinsel machten es sich gern vor diesen Gaststätten bequem, um die vorbeischlendernden Passanten zu beobachten. Die Bismarckstraße gehörte nämlich zur Fußgängerzone. Im Gegensatz zu anderen Ostfriesischen Inseln war Borkum nicht komplett autofrei, doch die weitläufigen Naturschutzgebiete durften nicht mit Kraftfahrzeugen befahren werden.

An diesem sonnigen Septembertag wehte ein frischer Wind. Enno trug bereits seine uralte Lederjacke, die in der kalten Jahreszeit seine bevorzugte Kleidung darstellte. Jeans und ein Karohemd, das über seinem mächtigen Bauch spannte, vervollständigten sein Outfit. Auch Mona hatte eine Jeans angezogen, wie sie es an den meisten Tagen tat. Unter ihrer Windjacke trug sie außerdem einen beigen Baumwollpullover mit Rollkragen. Die beiden Ermittler waren meist in Zivil unterwegs, so auch an diesem Tag. Es dauerte nicht lange, bis sie den *Pferdestall* erreicht hatten. Das Lokal befand sich gegenüber von dem kleinen Park, der dort vor einiger Zeit angelegt worden war. Eine Menschengruppe saß an zwei zusammengeschobenen Tischen, es wurde lautstark geredet. Die zahlreichen Gläser und Flaschen zeugten davon, dass nicht nur die Bestohlene dem Alkohol zugesprochen hatte. Mona ging auf die Leute zu und präsentierte ihren Dienstausweis: »Moin, ich bin Kommissarin Sander von der Polizei Borkum. Das ist Oberkommissar Moll. - Sind Sie Elsa Blank?«

Diese Frage stellte die Ermittlerin einer Frau, die ihrer Meinung nach einen ganz besonders aufgeregten Eindruck machte. Diese nickte eifrig: »Ja, die bin ich! Mein Portemonnaie ist weg!«

Nun mischte sich ein Mann mit einem beeindruckenden Schnurrbart ein: »Auf Norderney ist uns so etwas noch niemals passiert! Es ist Ihre Aufgabe, die Feriengäste vor Verbrechen zu schützen!«

»Sind Sie der Ehemann?«, wollte Enno wissen. Der Schnurrbartträger warf dem Oberkommissar einen so verblüfften Blick zu, als ob dieser etwas völlig Unsinniges vermutet hätte: »Nein, Herr Moll! Mein Name ist Norbert Vogt. Und als

Vereinsvorsitzender unseres Kegelclubs *Gut Holz* habe ich eine ganz besondere Verantwortung für meine Mitglieder!«

Nach Monas Meinung war Vogt ein Wichtigtuer. Sie konnte es ohnehin nicht ausstehen, wenn sich jemand in ihre Zeugenbefragung einmischte. Zunächst versuchte sie, den Vorsitzenden zu ignorieren und sich auf Elsa Blank zu konzentrieren. Die Dame machte einen gepflegten Eindruck, wenngleich ihr Make-up etwas zu grell war – aber über Geschmack ließ sich bekanntlich streiten. Die Kommissarin schätzte sie auf Anfang bis Mitte fünfzig. Sie trug eine blaue Freizeithose und einen bunt gemusterten Pullover, der ihre gute Figur betonte. Einen Ehering bemerkte die Kommissarin bei der Geschädigten nicht. Mona zog ihr Notizbuch heraus: »Bitte schildern Sie mir genau, was geschehen ist und wann Sie den Diebstahl bemerkt haben.«

Vogt öffnete den Mund, obwohl er gar nicht gefragt worden war. Mona war drauf und dran, ihn zurechtzuweisen. Doch es war Enno, der dem Schnurrbartträger den Wind aus den Segeln nahm: »Wir werden die Zeugenaussagen nacheinander aufnehmen. Sie verstehen gewiss, dass meine Kollegin zunächst mit der Geschädigten spricht. Wenn Sie etwas zum Tathergang beobachtet haben, dann wissen wir Ihre Unterstützung zu schätzen.«

Der Oberkommissar sprach freundlich, aber mit Nachdruck. Außerdem hatte er sich geschickt zwischen Elsa Blank und Vogt geschoben, so dass dem Vereinsvorsitzenden dank Ennos gewaltiger Körperfülle die Sicht versperrt wurde.

»Wir haben hier zusammengesessen und uns nach einem Strandspaziergang entspannt«, begann Elsa Blank. Sie fuhr fort: »Ich wollte meiner Freundin ein Foto zeigen, das ich morgens gemacht hatte. Da musste ich feststellen, dass mein Smartphone und meine Geldbörse verschwunden waren!«

»Wo hatten Sie die Gegenstände aufbewahrt?«

Die Geschädigte schaute die Kommissarin an, als ob sie eine unglaublich dumme Frage gestellt hätte. Dann antwortete sie: »Natürlich in meiner Handtasche, Frau Sander!«

»Und wo befand sich diese?«

»Ich hatte sie auf den Boden neben meinen Stuhl gestellt.«

Elsa Blank deutete auf die Stelle.

»War sie offen?«

Monas Frage wurde mit einem knappen Nicken beantwortet. Elsa Blank wirkte nun ein wenig schuldbewusst.

Wie dumm kann man eigentlich sein?, dachte die Ermittlerin. Die Tasche befand sich nur ein kleines Stück von der vorbeiflanierenden Menschenmenge entfernt. An diesem schönen Septembertag waren besonders viele Leute unterwegs, sowohl in Richtung Promenade als auch zum Inselbahnhof. Mona wusste, wie fix manche Diebe waren. Man musste sich nur blitzschnell bücken, um sich die Beute greifen und unauffällig verschwinden zu können. Außerdem waren sowohl Elsa Blank als auch ihre Kegelschwestern und -brüder nicht mehr ganz nüchtern – was für einen Kriminellen ein zusätzlicher Vorteil war, da die Aufmerksamkeit des Opfers und ihrer Freunde vermutlich zu wünschen übrig ließ. Die Kommissarin zeigte auf die Tasche und sagte: »Sehen Sie bitte nach, ob das Mobiltelefon und die Geldbörse nicht vielleicht doch noch vorhanden sind. Die Handtasche ist groß, wahrscheinlich hat sie mehrere Fächer.«

Die Melderin runzelte die Stirn: »Glauben Sie, ich hätte nicht alle Tassen im Schrank? Ich werde doch wohl wissen, ob ich bestohlen wurde oder nicht.«

„Vergewissern Sie sich einfach. Wenn wir grundlos eine polizeiliche Maßnahme einleiten, wäre niemandem gedient.«

Elsa Blank beugte sich Monas Hartnäckigkeit. Sie stellte die Tasche auf den Tisch und kramte alle Gegenstände hervor, die sich noch darin befanden: einen Lippenstift, eine Puderdose, eine angebrochene Packung Papiertaschentücher, eine Rolle Zitronendrops, Kopfschmerztabletten – und einen Würfel aus rotem Kunststoff. Sie nahm diesen zwischen zwei Finger und beteuerte: »Der Würfel gehört mir nicht, ich sehe ihn zum ersten Mal.«

Mona betrachtete den Gegenstand genauer. Es war ein handelsüblicher Würfel, wie man ihn oft bei Brettspielen oder beim Knobeln sah. Er war mit den Ziffern eins bis sechs versehen, die durch eine entsprechende Anzahl von weißen Punkten symbolisiert wurden.

»Wenn der Würfel wirklich nicht Ihnen gehört, dann wird der Täter ihn zurückgelassen haben«, vermutete die Ermittlerin.

»Also glauben Sie jetzt endlich, dass ich bestohlen wurde, Frau Sander?!«

Die Kommissarin sagte: »Davon bin ich die ganze Zeit lang ausgegangen. Es ist trotzdem besser, zunächst die anderen Möglichkeiten auszuschließen. Ich gehe einfach mal davon aus, dass Sie Portemonnaie und Handy nicht in Ihrer Ferienunterkunft zurückgelassen haben?«

»Selbstverständlich nicht! Ich habe ja vorhin am Strand die Möwen fotografiert, und zwar mit der Smartphone-Kamera«, beharrte die Bestohlene. Mona nahm ihre Personalien auf. Sie erfuhr, dass die Kegelgruppe ein großes Ferienhaus an der Reedestraße gemietet hatte, wo sie gemeinsam eine Urlaubswoche verleben wollten. Die Ermittlerin ließ sich Elsa Blanks Mobilnummer geben und erklärte: »Wir werden versuchen, Ihr Telefon zu orten. Falls es sich bei dem Dieb um einen Profi handelt, dann wird er die SIM-Card wahrscheinlich schon vernichtet haben, um nicht gefunden werden zu können.«

»Was für ein Ärger!«, grollte Elsa Blank und verschränkte die Arme vor der Brust. »Ich werde nie wieder nach Borkum kommen!«

Auch auf den anderen Inseln mögen die Klauböcke offen stehende Handtaschen, dachte Mona, behielt die Bemerkung aber für sich. Sie gab der Frau eine ihrer Visitenkarten: »Bitte kommen Sie später zur Polizeiwache, um die Diebstahlanzeige zu unterschreiben. Das ist für Ihre Versicherung wichtig.«

»Werden Sie den Täter schnappen, Frau Sander?«

»Wir tun unser Möglichstes. - Den Würfel möchte ich mitnehmen, vielleicht handelt es sich um eine Art Markenzeichen des Verbrechers.«

Mit diesen Worten zog Mona einen Beutel für Beweisstücke aus der Tasche, und Elsa Blank tat den Würfel hinein. Die Melderin war kurz zuvor noch aufgebracht gewesen, nun wirkte sie eher besorgt – so wie jemand, die sich plötzlich an eine drohende Gefahr erinnert. Oder wurde die Kommissarin von ihrer regen Fantasie gefoppt? Sie fragte: »Haben Sie eine Idee, was dieser Würfel zu bedeuten haben könnte, Frau Blank?«

Die Antwort bestand aus einem Kopfschütteln. Dann fügte die Geschädigte hinzu: »Der Dieb muss verrückt sein!«

»Sobald es etwas Neues gibt, informieren wir Sie.«

Nachdem keiner aus der Gruppe etwas Erhellendes zum Tathergang beitragen konnte, verabschiedete die Ermittlerin sich von Elsa Blank und den übrigen Keglern. Sie und Enno machten kehrt, um auf der Wache eine Handyortung vorzunehmen. Sie zeigte ihrem Kollegen den Würfel. Enno hatte den Wortwechsel zwischen Mona und Elsa Blank zumindest teilweise mitbekommen.

»Ein Ganove, der eine Art Visitenkarte am Tatort hinterlässt? Das erinnert mich an den *Puddingplantscher*«, meinte der Ostfriese schmunzelnd.

»Ja, das war ein ganz spezieller Fall«, erwiderte Mona seufzend. Im vorigen Herbst hatte ein Serieneinbrecher die Borkumer Polizei in Atem gehalten. Er drang in leerstehende Ferienhäuser ein, übernachtete dort und hinterließ zum Abschied jeweils eine Packung Schokoladenpudding – im Wohnzimmer auf dem Teppich oder den Fliesen verteilt. Als bei ihm endlich die Handschellen klickten, hatte er bereits vier Objekte verwüstet.

»Hoffentlich ist der Kerl nicht zurückgekehrt, um uns jetzt mit Würfeln statt mit Pudding zu ärgern, Mona.«

»Mal den Teufel nicht an die Wand, Enno!«

Als die beiden wenig später die Polizeistation in der Strandstraße betraten, war Grietje Smit intensiv mit ihrem Smartphone beschäftigt. Trotzdem blickte sie sofort auf, als sie den Beweismittelbeutel in Monas Hand erblickte.

»Ein Würfel? Willst du jetzt dein Glück im Spiel suchen? Pech in der Liebe? Hängt zwischen dir und Jan der Haussegen schief?«, spottete die sommersprossige Polizistin.

»Deine Witze waren auch schon mal besser«, gab die Kommissarin unbeeindruckt zurück. Sie fuhr fort: »Außerdem: Das sagt die Richtige! Ich möchte nicht wissen, wie oft du bei deinen bekloppten Handyspielen schon den Highscore geknackt hast – wohlgemerkt während der Dienstzeit!«

»Ich bin eben ein Naturtalent«, rechtfertigte Grietje sich, klang nun allerdings schon bedeutend kleinlauter. Mona ging nicht darauf ein: »Wie auch immer – du kannst bitte versuchen, von diesem Würfel brauchbare Fingerabdrücke oder zumindest Teilabdrücke zu nehmen. Nachher kommt eine Frau, die den Diebstahl ihres Smartphones und ihre Portemonnaies anzeigen wird. Nimm von der Geschädigten ebenfalls Prints zum Abgleich, denn sie hat den Würfel auch berührt.«

»Sehr wohl, *Mylady*«, erwiderte Grietje mit ihrem berühmt-berüchtigten Sinn für Humor. Trotz ihrer lockeren Sprüche nahm sie ihre eigentlichen polizeilichen Aufgaben sehr ernst. Mona zwinkerte ihr zu und ging zusammen mit Enno in ihr gemeinsames Büro. Die Kommissarin schaltete ihren PC ein und startete ein Programm zur Handyortung. Ihre ursprüngliche Befürchtung bewahrheitete sich: Der Täter hatte die SIM-Card wohl bereits zerstört, jedenfalls konnte das Gerät nicht mehr lokalisiert werden.

»Das wäre ja auch zu schön gewesen«, murmelte Mona. Sie war enttäuscht, doch Enno strahlte wieder einmal seine typische Zuversicht aus: »Vielleicht führt uns die Erinnerung an den Serieneinbrecher ja auf die richtige Spur.«

Die Kommissarin rollte mit den Augen.

»Glaubst du wirklich, dass der Kerl zurückgekehrt ist und sich eine neue Marotte ausgedacht hat?«

Der Oberkommissar schüttelte den Kopf: »Es geht mir allgemein gesprochen um einen Verbrecher, der selbstverliebt genug ist, um am Tatort einen unverwechselbaren Hinweis auf sich selbst zu hinterlassen – weil er uns eine lange Nase drehen will.«

»Es gibt leider genügend Ganoven, die gern Polizisten veräppeln, Enno.«

»Ich stimme dir zu – aber woran denkst du speziell, wenn du einen Würfel vor dir hast?«

»An Glücksspiel natürlich. Trotzdem ist mir nicht klar, worauf du hinauswillst.«

Der Ostfriese schaute seine Kollegin an wie ein Quizmaster, der von seiner Star-Kandidatin die richtige Antwort erwartet: »Wer ist denn wegen seinem Spielschuldenberg zum Intensivtäter bei Eigentumsdelikten geworden?«

»Ach, du sprichst von Torsten Moje!«, rief die Ermittlerin und schlug sich mit der flachen Hand gegen die Stirn. »Sitzt der nicht noch seine Haftstrafe in Lingen ab?«

»Das lässt sich leicht herausfinden«, erwiderte Enno und griff zum Telefonhörer. Ein Anruf in der emsländischen Justizvollzugsanstalt verschaffte ihm Gewissheit. Moje war vor einem Monat entlassen worden.

»Weißt du noch, dass dieser Täter stets als eleganter Gentleman-Verbrecher betrachtet werden wollte, Mona? Vielleicht wurde er ja in Lingen von einigen ‚Berufskollegen' inspiriert und hat sich angewöhnt, bei seinen Opfern rote Würfel zu hinterlassen. Ein Markenzeichen, um sein Image zu vervollkommnen.«

Die Kommissarin sprang tatendurstig von ihrem Bürostuhl auf: »Wir sollten seiner Schwester einen Höflichkeitsbesuch abstatten. Entweder finden wir ihn bei Corinna - oder sie weiß zumindest, wo er sich herumtreibt!«

Kapitel 2

Natürlich hätten die Kommissare auch mit dem Bewährungshelfer des Haftentlassenen Kontakt aufnehmen können. Aber sie hielten es für sinnvoller, direkt bei Corinna Wessel aufzukreuzen und nach ihrem Bruder zu fragen. Die beiden stiegen in ihren Dienstwagen ohne Polizeimarkierung. Auf der langgestreckten Hindenburgstraße fuhren sie Richtung Ostland, bis Enno den Parkplatz bei der Kurklinik *Borkum-Riff* ansteuerte. Von dort aus mussten sie zu Fuß weitergehen, denn ihr Ziel lag zwischen den Norddünen und war nur über einen schmalen Fußweg zu erreichen. Die *Luv & Lee Stube* war ein kleines Lokal, das hauptsächlich aus einer windschiefen Baracke und einigen Holzbänken unter Sonnenschirmen bestand. Die Hauptattraktion des *L & L* – wie es von den Einheimischen genannt wurde – war die Aussicht, denn es war auf einem Dünenkamm errichtet worden, und bot einen weiten Blick auf Strand und Nordsee. Viele Wanderer nutzten die Schankstube gern als Zwischenstopp, wenn sie auf dem Weg ins Ostland waren. Corinna Wessel räumte gerade im Außenbereich schmutziges Geschirr von den Tischen, als sie die Kommissare erblickte.

»Ihr schon wieder!«, stieß die blonde Frau mit der tiefen Sonnenbräune hervor, wobei sie ihre Abneigung gegen die Ermittler nicht verbarg. Sie trug Jeans, ein weißes T-Shirt und eine Schürze mit aufgedruckter Brauereiwerbung.

»Du musst dich nicht gleich vor Freude überschlagen«, sagte Mona und stellte sich so vor die Kellnerin, dass sie ihr nicht ausweichen konnte. Momentan befanden sich keine Gäste auf der Sonnenterrasse, so dass ein ungestörtes Gespräch möglich war. Die Kommissarin musterte Corinna Wessel mit einem skeptischen Blick. Ihrer Meinung nach wirkte die Bedienung müde und abgekämpft, was natürlich an ihrem Job liegen konnte. Immerhin waren die turbulenten Wochen der Hauptsaison gerade erst überstanden. Mona hatte höchsten Respekt vor der Leistung, die von den Mitarbeitern in Gastronomie und Hotellerie gebracht wurde. Im Fall von Corinna Wessel kam hinzu, dass ihr krimineller Bruder für zusätzlichen Stress sorgte. Zumindest vermutete die Kommissarin dies.

»Was wollt ihr von Torsten?«, fauchte die Kellnerin. »Er hat seine Strafe abgesessen und ist auf Arbeitssuche. Es ist nicht seine Schuld, dass man einem Haftentlassenen keine Chance gibt!«

»Wir haben gar nicht gesagt, dass wir wegen deinem Bruder hier sind«, gab Enno freundlich zurück, »vielleicht möchten wir auch einfach nur etwas trinken und die Atmosphäre genießen.«

»Was darf es sein?«

Corinna Wessel gab den Satz so harsch von sich, dass er wie ein Fluch klang. Der Ostfriese ließ sich davon nicht beeindrucken und bestellte zwei alkoholfreie Biere. Immerhin waren die Kommissare noch im Dienst. Die Kellnerin ging nach drinnen und kehrte gleich darauf mit den Flaschen zurück, die sie auf den Tisch knallte. Das *L & L* gehörte zu der Art von Lokalen, in denen man ein Glas nur auf besonderen Wunsch bekommt. Die Kriminalisten hatten es sich inzwischen auf den Gartenmöbeln im Außenbereich bequem gemacht.

»Setz dich doch einen Augenblick lang zu uns«, bat Enno, »offenbar gibt es momentan nicht so viel Arbeit.«

Die Kellnerin zögerte, aber dann gab sie nach. Vermutlich war ihr bewusst, dass die Beamten umso länger bleiben würden, je stärker sie sich gegen den Besuch sträubte. Corinna Wessel nahm am Tisch Platz und begann unverzüglich, mit den Fingerspitzen auf das Holz zu trommeln. Mona musste keine Psychologin sein, um die Nervosität dieser Frau zu erkennen.

»Dein Bruder ist also auf Borkum?«, vergewisserte sie sich. Die Kellnerin hatte zwar behauptet, dass Torsten Moje sich nach einem Job umschaute – aber nicht, wo genau dies geschah.

»Ja, er wohnt bei mir«, erwiderte Corinna Wessel unwillig. »Meine Bude ist zwar nicht groß, aber ich arbeite ja viel und bin kaum daheim.«

Die Kommissarin überlegte. So, wie sie die Schwester des Verdächtigen einschätzte, würde sie von ihrem Bruder keine Beteiligung an der Miete fordern. So gesehen war diese Unterkunft für Torsten Moje ideal – vor allem, wenn er nicht so dumm wäre, das Diebesgut in Corinna Wessels Wohnung zu verstecken. Allerdings hatte der Standort Borkum für ihn auch einen entscheidenden Nachteil: Er war auf der Insel polizeibekannt, Mona und Enno hatten den Kriminellen bereits einmal verhaftet und ihm diverse

Eigentumsdelikte nachweisen können. Aber vielleicht stellte es für Moje auch einen ganz besonderen Reiz dar, mit den Ordnungskräften ein Katz-und-Maus-Spiel zu veranstalten?

Ennos tiefe Stimme riss die Kommissarin aus ihren Überlegungen: »Du trägst nach wie vor den Nachnamen deines Mannes, obwohl du bereits geschieden bist?«

Diese Frage galt natürlich nicht Mona, die noch nie verheiratet gewesen war, sondern Corinna Wessel. Die Bedienung antwortete: »Ja, mir fehlt einfach die Zeit für diese bürokratische Prozedur. Die meisten Leute, mit denen ich zu tun habe, nennen mich sowieso beim Vornamen. Das tut ihr ja auch. Aber an eurer Stelle würde ich Ralf mal genauer unter die Lupe nehmen.«

Die Kommissarin horchte auf: »Deinen Ex? Warum sollten wir das tun?«

Corinna Wessel beugte sich vor: »Ihr seid bestimmt hier, weil jemand beklaut wurde, richtig? Habt ihr mal daran gedacht, dass der wahre Täter meinem Bruder etwas anhängen will? Ralf konnte Torsten noch nie ausstehen. Vielleicht hat er sich irgendeine Teufelei ausgedacht, um meinen Bruder als Dieb dastehen zu lassen!«

Diese Frau betrachtete ihren kriminellen Bruder durch eine rosarote Brille, darüber machte Mona sich keine Illusionen. Aber natürlich würde sie auch Corinna Wessels Hinweis nachgehen, falls er Hand und Fuß hatte. Sie hakte nach: »Hattest du in letzter Zeit Kontakt zu deinem Ex-Mann?«

»Nee, mit ihm verkehre ich nur noch über unsere Anwälte. Eigentlich würde mir Unterhalt zustehen, aber Ralf ist ja *berufsunfähig*, er kriegt inzwischen eine Invalidenrente. - Wenn ich ihn von weitem auf der Promenade sehe, macht er allerdings einen sehr gesunden Eindruck!«

Sie schnaubte ironisch.

»Spielt Torsten eigentlich wieder?«, erkundigte Enno sich. Corinna Wessel warf ihm einen so empörten Blick zu, als ob er ihr einen unsittlichen Antrag gemacht hätte. Aber sie beherrschte sich und erwiderte mit erzwungener Ruhe: »Angesichts seines Schuldenbergs hat mein Bruder Privatinsolvenz beantragt. Seit seiner Haftentlassung lebt er von *Staatsknete*. Da ist kein Geld zum Verzocken übrig.«

Außer wenn man sich ein paar dicke Portemonnaies unter den Nagel reißt, dachte die Kommissarin. Diese Überlegung behielt sie zunächst für sich.

»Werden wir Torsten jetzt in deiner Wohnung vorfinden?«, erkundigte der Oberkommissar sich. Die Kellnerin hob die Schultern: »Das nehme ich an. Um diese Uhrzeit ist es etwas spät, um sich nach einer Arbeitsstelle umzuschauen. Und Torsten ist zu knapp bei Kasse, um auszugehen.«

»Wir werden auf jeden Fall mit ihm sprechen müssen«, erklärte der Ostfriese freundlich. »Wohnst du noch in der Richthofenstraße?«

»Ja, so eine günstige Wohnung finde ich auf Borkum nicht noch einmal.«

»Und wo hält sich dein Ex auf?«

»Ralf ist nach unserer Scheidung wieder ins Haus seiner Mutter gezogen, Mona. Er lebt da wie die Made im Speck.«

Genau wie dein Bruder, schoss es Mona durch den Kopf. Früher hatte sie es nicht immer geschafft, ihre Zunge im Zaum zu halten und sich dadurch oft ins Abseits manövriert. Heutzutage passierte ihr so etwas nur noch, wenn ihr Temperament mit ihr durchging. Und das geschah leider immer wieder. Während des Gesprächs hatten die Ermittler ihre Bierflaschen geleert. Enno stand auf, zahlte und gab Corinna Wessel ein Trinkgeld. Dann verabschiedeten die Kommissare sich und gingen zum Parkplatz zurück. Mona glaubte, die Blicke der Kellnerin in ihrem Rücken zu spüren.

»Wetten, dass sie gleich ihr Bruderherz anruft, um ihn vor uns zu warnen, Enno?«

»Ich würde nicht dagegenhalten. - Aber das macht nichts, denn falls Torsten Moje der Täter ist, wird er ohnehin mit unserem Auftauchen rechnen«, vermutete der erfahrene Kriminalbeamte.

»Du glaubst, dass der Verdächtige uns durch das Platzieren des Würfels herausfordern wollte?«

»Ja, so schätze ich Torsten ein, Mona. Er ist ein Zocker durch und durch. Für ihn ist alles ein Spiel, auch seine Verstöße gegen das Gesetz. Die Regel ist ganz einfach: Er muss mit seinen Straftaten ungeschoren davonkommen, dann haben Polizei und Justiz verloren.«

»Dann werden wir alles dafür tun, um diese Partie zu gewinnen«, kündigte die Ermittlerin grimmig an. Die Fahrt bis zu Corinna

Wessels Wohnung in der Richthofenstraße dauerte nicht lang. Hier waren in den Dreißigerjahren des vorigen Jahrhunderts einige Mietshäuser errichtet worden, in denen man für Borkumer Verhältnisse immer noch günstig wohnen konnte. Die Kommissare parkten vor dem Haus. Als sie ausstiegen, prasselte ein Regenschauer auf sie hinab. Aber das störte weder Mona noch Enno. Beide waren daran gewöhnt, dass das Borkumer Wetter schnell umschlug.

Der Oberkommissar hatte kaum geklingelt, als auch schon der Summer betätigt wurde.

»Die Schwester hat also schon Alarm geschlagen«, raunte die Ermittlerin ihrem Kollegen zu. Corinna Wessel wohnte im Erdgeschoss. Im Treppenhaus roch es nach Reinigungsmittel. Torsten Moje stand an der offenen Wohnungstür und schenkte den Kommissaren ein breites Lächeln – so, als ob er seit vielen Jahren mit ihnen befreundet wäre.

»Moin, was für eine Überraschung!«

Ich lach mich tot, dachte Mona. Sie sagte: »Moin, Torsten. Du scheinst dich an uns zu erinnern.«

»Wie könnte ich meine Lieblingspolizisten vergessen? Tretet doch bitte näher, darf ich euch einen Tee anbieten?«

Mona wunderte sich nicht über die auffällige Höflichkeit, mit der Moje ihnen entgegentrat. Ihrer Meinung nach gehörte dieses Verhalten zu dem Spiel, mit dem er begonnen hatte. Oder täuschte sie sich in ihm? Während die Kommissare dem Verdächtigen in die kleine Wohnung folgten, musterte sie ihn unauffällig. Moje war gut, aber nicht übertrieben teuer gekleidet. Er trug eine hellgraue Freizeithose, weiße Tennisschuhe und ein modisches farbiges Hemd mit kurzen Ärmeln. Sein graumeliertes Blondhaar fiel ihm fast bis auf die Schultern, und seit ihrer letzten Begegnung vor der Inhaftierung hatte er sich einen Ziegenbart stehenlassen. Jeder halbwegs aufmerksame Zeuge würde sich an Moje erinnern, zumal er auch noch fast so groß wie Enno war – wenn auch weitaus schlanker. Grietje hätte ihn als »Strich in der Landschaft« bezeichnet. Nach Monas Erfahrung war Unauffälligkeit die beste Tarnung für einen Taschendieb, und davon konnte bei diesem Mann nun wirklich keine Rede sein. Oder betrachtete er es als besondere Herausforderung, dass er so unverwechselbar aussah?

Moje bat die Ermittler in die saubere und aufgeräumte Wohnküche, wo er sofort einen Pfeifkessel für Tee aufsetzte. Offenbar ging er davon aus, dass die beiden seiner Einladung folgen würden.

»Ich versuche beruflich Fuß zu fassen, aber das ist leider nicht so einfach«, sagte er im Plauderton und fügte hinzu: »Ich bin Corinna sehr dankbar dafür, dass sie mich auf ihrem Wohnzimmersofa übernachten lässt. Ohne meine Schwester würde ich in die Röhre gucken, denn ich bin leider ziemlich knapp bei Kasse.«

Enno nickte und zeigte auf Mojes Armbanduhr: »Immerhin musstest du deinen Luxus-Zeitmesser noch nicht verkaufen. Der ist doch bestimmt ein paar tausend Euro wert, oder?«

»Sechstausend Euro«, gab der Verdächtige bereitwillig zu, während er sich weiter mit der Teezubereitung beschäftigte. Er fügte hinzu: »Die Uhr habe ich von einem Bekannten bekommen, der noch Schulden bei mir hatte.«

»Also wird sie nicht auf Listen gestohlener Gegenstände auftauchen?«, fragte der Oberkommissar, während er ein Foto des Luxusgegenstandes machte.

»Selbstverständlich nicht«, versicherte Moje mit einem treuherzigen Augenaufschlag. Und Mona glaubte ihm aufs Wort, jedenfalls diesmal. Ein krimineller Profi würde sich nicht den Schnitzer leisten, mit einer hochwertigen gestohlenen Uhr am Handgelenk die Polizei zu empfangen.

»Was macht eigentlich deine Spielleidenschaft?«, fragte sie scheinbar beiläufig, wobei sie seine Gesichtszüge genau beobachtete. Moje gab sich keine Blöße: »Ich kann keine Einsätze mehr bringen, wie du zweifellos weißt. Insofern ist für mich Schluss mit dem Zocken – außer vielleicht bei Preisausschreiben, wo man nicht mehr als den Wert einer Briefmarke riskieren muss.«

»Und was ist mit Würfeln?«

»Würfel fand ich immer schon langweilig. Hast du meine Strafakte nicht gelesen, Mona? Hast du vergessen, dass ich auf Blackjack stehe? Und das spielt man mit Karten und nicht mit Würfeln.«

»Wenn wir also deine Sachen durchsuchen, werden wir nichts Verdächtiges finden?«, fragte sie. Moje lachte sie an, als ob er mit ihr flirten wollte: »Ich weiß nicht, wonach speziell ihr Ausschau haltet. Aber du kannst gern in meine Reisetasche schauen. Sie enthält meine gesamten irdischen Besitztümer. Alles Übrige musste ich verkaufen, um zumindest einen Teil meiner Schulden zu begleichen.«

Er zeigte auf ein Gepäckstück, das in der hinteren rechten Ecke des Wohnzimmers stand. Die Kommissarin zog sich Latexhandschuhe über und begann damit, die Tasche zu durchwühlen. Allerdings machte sie sich keine Illusionen darüber, einen entscheidenden Hinweis zu finden. Wenn Moje die roten Würfel wirklich als Markenzeichen verwendete, würde er sie ganz gewiss nicht in dieser Wohnung aufbewahren. Die Gegenstände waren aus Kunststoff, man konnte sie unter freiem Himmel verstecken, ohne dass sie unter der Witterung litten. Wie erwartet enthielt die Reisetasche nur unverdächtige Alltagsdinge wie Wäsche und Hygieneartikel. Außerdem hatte Moje einige Zeitungsartikel aufbewahrt, in denen es um seine damalige Diebstahlserie und seine Verhaftung ging. Die Ermittlerin hielt die Ausschnitte hoch: »Trauerst du deinen glorreichen Zeiten hinterher, Torsten?«

Der Verdächtige war inzwischen damit beschäftigt, den Tee aufzugießen: »Davon kann keine Rede sein, Mona. Vielmehr sollen mich die Berichte daran erinnern, nie wieder auf die schiefe Bahn zu geraten.«

Enno hatte am Tisch in der Wohnküche Platz genommen. Er stützte seine Ellenbogen auf die Platte und nickte Moje zu, als dieser ihm einen Tee servierte: »Danke, Torsten. - Du kannst uns doch bestimmt sagen, wo du heute gegen 14 Uhr gewesen bist?«

»Ja, da war ich auf Arbeitssuche. Ich habe im *Hotel Zu den Gezeiten* und im *Teutonia Hotel* vorgesprochen und mich als Küchenhelfer beworben.«

Mona notierte die Angaben: »Wir werden deine Aussage überprüfen.«

»Ich habe nichts anderes erwartet. - Du nimmst doch gewiss auch eine Tasse?«

Die Kommissarin nickte. Sie wollte nicht unhöflich sein. Nachdem die Kommissarin von Moje einen Tee bekommen hatte, fragte sie: »Wie würdest du dein Verhältnis zu deinem ehemaligen Schwager beschreiben?«

Moje hob die Augenbrauen: »Warum willst du das wissen?«

»Aus keinem bestimmten Grund«, behauptete Mona, »wir plaudern nur ein wenig beim Tee, nicht wahr?«

Sie hatte Moje genau beobachtet, während sie mit ihm sprach. Sobald sie Ralf Wessel erwähnte, verhärteten sich seine Gesichtszüge für einen Moment. Gleich darauf hatte er sein Mienenspiel wieder unter Kontrolle.

»Ich nehme es ihm übel, dass er Corinna das Herz gebrochen hat«, lautete seine Antwort, »aber es ist leider kein Verbrechen, ein Schürzenjäger zu sein. - Ich gehe Ralf aus dem Weg, so gut es eben auf einer Insel möglich ist. Er weiß genau, wie abscheulich ich sein Verhalten gegenüber meiner Schwester finde.«

Ob diese Aussage glaubhaft war? Wenn Moje gegen Wessel einen Groll hegte – wäre dies für Corinnas Ex-Mann nicht ein willkommener Anlass, um den vorbestraften Bruder seiner geschiedenen Frau in die Pfanne zu hauen? Mona kannte Wessel kaum. Waren von ihm weitere Straftaten zu erwarten, um den Verdacht auf Moje zu lenken? Während die Kommissarin ihren Tee trank und diese Überlegungen anstellte, klingelte ihr Smartphone. Elsa Blank war am Apparat. Sie hörte sich sehr aufgeregt an.

»Frau Sander, Sie müssen bitte sofort zu unserem Ferienhaus kommen!«

»Was ist geschehen?«

»Ich glaube, einer meiner Kegelbrüder wurde entführt!«

Kapitel 3

Mona runzelte die Stirn. Als sie vor wenigen Stunden mit Elsa Blank gesprochen hatte, war diese schon nicht ganz nüchtern gewesen. War es denkbar, dass sie inzwischen noch etwas tiefer ins Glas geschaut hatte? Die Stimme der Frau klang weder verwaschen noch schrill, nur besorgt. Doch die Ermittlerin wusste aus Erfahrung, dass manche Menschen gewaltige Alkoholmengen zu sich nehmen konnten und trotzdem noch völlig klar sprachen. Sie hakte nach: »Sind Sie sicher, dass Ihr Bekannter verschleppt wurde? Vielleicht ist er einfach nur spazieren gegangen und hat sich nicht bei Ihnen oder Ihren Vereinskameraden abgemeldet.«

»Nein, Achim muss etwas zugestoßen sein!«, beharrte die Anruferin. »Wenn Sie hier sind, werden Sie mir recht geben!«

Das bezweifelte die Kommissarin, aber sie konnte einen Hilferuf nicht einfach ignorieren. Sie sagte: »In Ordnung, mein Kollege und ich machen uns gleich auf den Weg zu Ihnen.«

Mit diesen Worten beendete sie das Telefonat. Enno und Moje warfen ihr neugierige Blicke zu. Sie trank ihren Tee aus und erhob sich.

»Wir haben einen Einsatz. - Torsten, wir melden uns bei dir, falls es noch Klärungsbedarf gibt.«

»Und Danke für den Tee«, fügte der Ostfriese hinzu. Moje setzte ein unverbindliches Lächeln auf. Mona hätte unmöglich einschätzen können, was in diesem Moment in seinem Kopf vorging. Nachdem die Kriminalisten das Haus verlassen hatten, erzählte sie dem Oberkommissar vom Inhalt des Telefongesprächs.

»Du hältst ein echtes Kidnapping nicht für möglich?«, vergewisserte er sich, während er das Auto startete.

»Wenn ich das wüsste, Enno! - Falls diesem Kegelbruder wirklich etwas zugestoßen ist, werden wir das hoffentlich schnell herausfinden.«

Er lenkte den Wagen in Richtung der Reedestraße, die den Borkumer Ortskern mit dem Fährhafen verbindet.

»Und wie schätzt du unseren Freund Moje ein, Mona?«

»Ich vermute, dass er etwas zu verbergen hat. Immerhin konnte der Verdächtige uns ein Alibi für die vermutete Tatzeit präsentieren. Falls er wirklich im Bewerbungsgespräch gesessen hat, während

Frau Blank bestohlen wurde, können wir ihn von unserer Liste streichen.«

»Eine Liste, auf der bisher nur zwei Namen stehen«, stellte der Ostfriese klar, »denn bei Wessel fehlt mir ehrlich gesagt ein überzeugendes Tatmotiv. Würde er wirklich riskieren, beim Taschendiebstahl erwischt zu werden, nur um seinem Ex-Schwager Ärger zu machen? Und wäre er wirklich so intelligent, dass er Würfel hinterlässt – in der Hoffnung, dass wir daraus Rückschlüsse auf Mojes Spielleidenschaft ziehen? Das kommt mir reichlich an den Haaren herbeigezogen vor – insbesondere bei Wessel, der nicht die hellste Kerze auf der Torte ist.«

»Ja, mit deinen Annahmen dürftest du richtig liegen. - Wir sollten uns jetzt zunächst darauf konzentrieren, was im Ferienhaus des Kegelclubs vorgefallen ist«, schlug Mona vor.

»Das ist ganz in meinem Sinn«, erwiderte der Oberkommissar. Es dauerte nicht lange, bis sie ihr Fahrtziel erreicht hatten. Das Gebäude war ein geräumiges Friesenhaus, das Platz für insgesamt acht Feriengäste bot. Die Ermittler waren hier früher schon einmal tätig geworden, als das Haus in der Nebensaison leer stand und von einem flüchtigen Bankräuber als Unterschlupf benutzt wurde. Daher kannten sie die Räumlichkeiten. Die Ferienunterkunft befand sich in der Nähe des Deichmosaiks, auf dem die Insel Borkum dargestellt wurde – garniert mit mahnenden Worten zum Sinn und Zweck des Deichbaus. Mona interessierte sich momentan hauptsächlich für die einsame Lage des Hauses. Unmittelbare Nachbarn suchte man hier vergeblich, daher war dieses Quartier gerade bei Jugendgruppen äußerst beliebt. Wenn sie Party machten, mussten sie keine Beschwerden von lärmgeplagten Zeitgenossen fürchten. Im Carport stand ein grüner Kleinbus mit Wuppertaler Nummernschildern und einem Kegelsport-Aufkleber am Heck. Enno parkte am Straßenrand und klingelte an der weiß gestrichenen Tür des Rotklinkerhauses. Unmittelbar danach wurde geöffnet. Elsa Blank hatte sich nach ihrer Begegnung am frühen Nachmittag offenbar umgezogen. Sie trug nun ein weites helles Kleid, das ihre Figur umspielte und die Kommissarin an einen Kaftan erinnerte.

»Da sind Sie ja! Kommen Sie mit, ich zeige Ihnen den Tatort!«

Mit diesen Worten gab Elsa Blank die Tür frei. Die Kommissare folgten ihr ins Haus. Mona vernahm im Wohnzimmer

Stimmengewirr und Gelächter. Die übrigen Vereinsmitglieder schienen sich über das Verschwinden ihres Kegelbruders keine allzu großen Sorgen zu machen. Darüber konnte die Ermittlerin sich später den Kopf zerbrechen. Nun wollte sie zunächst erfahren, was sich eigentlich abgespielt hatte. Dank ihres früheren Einsatzes wusste sie, dass es im Erdgeschoss dieses Hauses mehrere kleine Einzelzimmer gab. In einem von ihnen war offenbar der Mann einquartiert, den Elsa Blank Achim genannt hatte. Der Raum war nicht groß, Mona schätzte ihn auf zehn Quadratmeter. Er enthielt nur ein Bett, einen schmalen Spind sowie einen winzigen Tisch nebst Hocker. Es gab eine bodentiefe Terrassentür, durch die man nach draußen gelangen konnte – ohne vom Wohnzimmer oder den anderen Erdgeschossräumen aus bemerkt zu werden. Und diese Tür war nur angelehnt. Doch das Hauptinteresse der Kommissarin galt dem roten Würfel, der unübersehbar mitten auf dem Tisch lag! Sie zeigte auf den Gegenstand: »Sind Sie deshalb so beunruhigt?«

»Selbstverständlich, Frau Sander! Der Würfel sieht genauso aus wie der andere, der in meiner Tasche war und den Sie mitgenommen haben. Der Entführer wird ihn hier zurückgelassen haben.«

»Noch wissen wir nicht, ob überhaupt ein Verbrechen stattgefunden hat«, schränkte Enno ein. Auch Mona war dieser Ansicht, obwohl ihr die Gesamtsituation höchst verdächtig vorkam. Sie hatte instinktiv Latexhandschuhe übergestreift, als sie das Zimmer betrat. Nun zog sie einen Beutel für Beweisstücke hervor und tat den Würfel hinein. Er glich dem anderen Exemplar aus der Handtasche wie ein Ei dem anderen. Ihr Blick fiel auf den kleinen Nachtschrank am Kopfende des Bettes. Dort lag ein Smartphone mitsamt Ladekabel. Sie zeigte darauf: »Ich nehme nicht an, dass der Vermisste noch über ein zweites Telefon verfügt?«

»Nein, leider nicht«, antwortete Elsa Blank mit belegter Stimme. Ihre Augen schimmerten feucht, offenbar versuchte sie, sich zusammenzureißen. Mona vermutete, dass Achim für sie mehr war als nur ein Kegelbruder.

»Wie heißt die verschwundene Person mit vollem Namen?«, fragte Enno.

»Joachim Wollmann.«

»Und Sie sind sicher, dass er sich nicht irgendwo anders im Haus aufhält oder vielleicht auf eigene Faust in den Ort wollte?«

»Ich habe schon überall nachgesehen, Herr Moll. Und wenn Achim weggegangen wäre, hätte er sich von mir verabschiedet. Ihm muss etwas zugestoßen sein ...«

Elsa Blanks Stimme zitterte, als sie den letzten Satz aussprach. Mona ging auf sie zu und legte ihr eine Hand beruhigend auf den Unterarm: »Wir werden ihn schon finden. - Ist es möglich, dass Ihre übrigen Freunde den Vorfall nicht so ernst nehmen wie Sie?«

Elsa Blank schnaubte verächtlich: »Ja, man hält mich für hysterisch. Aber diese beiden Würfel, und dann gleich zwei Straftaten hintereinander – das kann doch kein Zufall sein!«

Falls überhaupt eine Entführung vorliegt, dachte die Kommissarin. Doch sie musste sich eingestehen, dass auch sie inzwischen an ein Verbrechen glaubte. Der Täter wollte offenbar durch die Würfel eine Botschaft senden. Aber an wen genau? Und mit welchem Inhalt? Mona versuchte, mehr Fakten zusammenzutragen: »Wann haben Sie bemerkt, dass Achim nicht mehr in seinem Zimmer ist?«

Elsa Blank antwortete: »Vor einer halben Stunde. Er wollte sich ein wenig hinlegen, weil ihn die gute Seeluft müde gemacht hatte. Er bat mich, ihn um 17.30 Uhr zu wecken. Ich klopfte an die Tür, es kam keine Antwort. Da trat ich ein – und er war fort!«

»Haben Sie im Zimmer irgendetwas verändert?«, erkundigte Enno sich.

»Nein, Herr Moll. - Natürlich bemerkte ich sofort den verdammten Würfel und die angelehnte Terrassentür. Die anderen behaupten, von Achims Verschwinden nichts mitgekriegt zu haben.«

Mona sagte: »Mit Ihren Kegelschwestern und -brüdern werden wir gleich noch sprechen.«

Sie begann damit, das Zimmer zu durchsuchen. Im Schrank befanden sich nur einige Textilien – gerade genug für eine Kurzreise. Dieser Raum hatte kein separates Bad, man musste sich mit anderen Gästen eines am Ende des Flurs teilen. Die Ermittlerin konnte keine Gegenstände entdecken, die ihr verdächtig vorkamen. Sie zeigte auf das Smartphone: »Kennen Sie das Passwort?«

»Nein, Frau Sander. Achim aktiviert sein Telefon mit seinem Fingerabdruck.«

Also kommen wir mit dem Gerät vorerst nicht weiter, dachte Mona. Sie fragte: »Fällt Ihnen jemand ein, der sowohl Sie bestohlen als auch Achim Wollmann verschleppt haben könnte?«

Elsa Blank antwortete nicht sofort. Ob sie den Kommissaren etwas verschweigen wollte? Sie schien mit sich zu kämpfen, bevor sie den Mund öffnete: »Achim und ich – wir sind ein Paar. Falls mein Ex-Freund Michael Kemme Wind davon bekommen hat, dann könnte er uns das Leben schwer machen. Er ist sehr besitzergreifend.«

»Gehört er auch zu Ihrer Kegelclique?«

»Glücklicherweise nicht, Frau Sander. Ich weiß auch gar nicht, ob er sich überhaupt auf der Insel befindet. Ich habe ihm jedenfalls nicht auf die Nase gebunden, dass unsere Gruppe einen Kurzurlaub auf Borkum macht«, beteuerte Elsa Blank. Sie fügte hinzu: »Ich möchte auch nicht, dass meine Kegelbrüder und -schwestern mitbekommen, was Achim und ich füreinander fühlen.«

»Und warum sollen Ihre Freunde nichts darüber erfahren?«, hakte Mona nach.

Elsa Blank erwiderte: »Die meisten von uns kennen einander schon seit Jahren. Ich mag es nicht, wenn hinter meinem Rücken über mich getratscht wird. Es ist nicht so, dass Achim und ich etwas zu verbergen hätten. Weder er noch ich sind verheiratet. Trotzdem ...«

»Sie möchten nicht, dass beim Kegeln über Ihr Liebesleben gelästert wird«, vermutete der Ostfriese.

»Das haben Sie treffend ausgedrückt, Herr Moll. Und ich glaube nicht, dass die anderen bisher etwas von der Beziehung zwischen Achim und mir bemerkt haben.«

Mona war anderer Meinung. Nach ihrer Erfahrung besaßen manche Menschen besonders feine Antennen dafür, wenn es zwischen Liebenden »knisterte«. Sie schrieb den Namen Michael Kemme in ihr Notizbuch. Falls dieser Mann momentan auf der Urlaubsinsel weilte, würden die Kommissare es schnell herausbekommen. Außer Eifersucht konnte es natürlich auch andere Gründe für eine vermutete Entführung geben.

»Wie steht es um die Finanzen Ihres Freundes?«, fragte die Ermittlerin direkt. »Falls er wirklich verschleppt wurde, ist mit einer Lösegeldforderung zu rechnen.«

Elsa Blank erschrak sichtlich: »Daran habe ich noch gar nicht gedacht! - Über Geld haben Achim und ich nie gesprochen. Er ist selbständiger Gas- und Wasserinstallationsmeister. Vermutlich verdient er ganz gut, oder?«

»Das würde ich annehmen«, meinte Enno, »allerdings wurde Ihr Mobiltelefon gestohlen, und das Gerät Ihres Freundes liegt dort auf dem Nachtschrank. Falls es keine anderen Personen gibt, die der Täter anrufen kann, wird er Ihnen seine Forderung auf anderen Wegen zukommen lassen müssen.«

Diese Überlegung des Oberkommissars schien Elsa Blank noch mehr zu beunruhigen. Mona stellte klar: »Noch steht keineswegs fest, ob wir es wirklich mit einer Entführung zu tun haben. Ich sehe hier keine Hinweise auf einen Kampf. Es ist aber natürlich vorstellbar, dass jemand durch die offen stehende Terrassentür eindrang und Ihren Freund mit vorgehaltener Waffe zum Mitkommen zwang.«

Elsa Blank schlug sich mit der flachen Hand vor den Mund, das Blut wich aus ihren Wangen. Vermutlich hatte sie sich die Situation bisher nicht so bildhaft vorgestellt. Enno bemerkte, welche Wirkung Monas Worte auf sie hatten: »Je mehr Informationen wir haben, desto besser können wir Ihrem Freund helfen. Hier ist nirgendwo Blut zu sehen, das ist eine gute Nachricht. Wenn der Täter Achim etwas hätte antun wollen, dann wäre dies direkt vor Ort geschehen.«

Elsa Blank nickte, schien allerdings nicht völlig überzeugt zu sein. Mona ging zur Terrassentür und öffnete sie ganz. Auf den Fliesen vor der Außenmauer waren keine Spuren zu erkennen. Wenn man einen Bogen schlug, dann konnte man das Haus umrunden und zur Reedestraße gelangen. Aber wie war es danach weitergegangen? Konnte der Entführer es riskieren, sein Opfer mit einer Pistole oder einem Messer zu bedrohen, während PKWs und LKWs an ihm vorbeifuhren? Das Risiko, entdeckt zu werden, war viel zu groß. Allerdings gab es auch die Möglichkeit, dass der Täter ein eigenes Fahrzeug in der Nähe platziert hatte. Oder war er mit Achim querfeldein verschwunden? Aber – in welche Richtung? Die Kommissarin erkannte, dass es zu viele Möglichkeiten gab, die alle mehr oder weniger plausibel waren. Sie schaute ihren Kollegen an, der ebenfalls auf die Terrasse getreten war: »Wir kommen hier draußen nicht weiter. Lass uns den übrigen Vereinsmitgliedern auf den Zahn fühlen.«

Enno nickte. Die Ermittler gingen ins Wohnzimmer des Ferienhauses, wo Norbert Vogt und die anderen Kegler sich offenbar von Elsa Blanks Sorgen und Achim Wollmanns Verschwinden nicht die Stimmung verderben lassen wollten. Sie unterhielten sich lautstark miteinander und tranken Bier. Monas Stimme übertönte das Stimmengewirr: »Wir stören Sie nur ungern, aber Achim Wollmann wird vermisst. Kann jemand dazu nähere Angaben machen?«

»Der wird schon wieder auftauchen!«, rief ein Witzbold und fügte hinzu: »Vielleicht waren wir ihm einfach zu laut!«

Die anderen quittierten seinen dummen Spruch mit dröhnendem Gelächter. Da gerieten sie bei Mona an die Richtige. Sie stemmte ihre Fäuste gegen ihre Hüften und rief: »Finden Sie es lustig, wenn ein Mensch ohne ersichtlichen Grund von der Bildfläche verschwindet? Sie sollten besser mit uns kooperieren, sonst mache ich Ihnen wegen Behinderung einer polizeilichen Ermittlung die Hölle heiß!«

Diese Ansage wirkte wie eine kalte Dusche. Schlagartig verstummte die muntere Runde. Die Kommissarin schaute einem nach dem anderen strafend in die Augen. Schließlich erhob sich Vogt leicht schwankend.

»Sie sollten nicht schlecht von uns denken«, sagte er mit schwerer Zunge. »Wir alle sind nach Borkum gekommen, um zu entspannen. - Elsa ist ein wenig … überempfindlich. Nur weil Achim gerade nicht anwesend ist, muss man nicht aus einer Mücke einen Elefanten machen!«

Die Kommissarin zog den Beweismittelbeutel hervor, in dem sich der rote Würfel befand. Sie hielt ihn dem Vereinsvorsitzenden vor die Nase: »Und was ist hiermit, Herr Vogt? Ein Dieb lässt einen Würfel in Frau Blanks Handtasche fallen, wenig später finden wir genau so einen Würfel im Zimmer Ihres verschwundenen Kegelbruders – das wird etwas zu bedeuten haben, oder?«

Elsa Blank war zu den Kommissaren getreten. Nun sprang eine Kegelschwester auf, zeigte auf Elsa Blank und rief: »Vielleicht hat sie selbst ja den Würfel in Achims Zimmer gelegt, um sich wichtig zu machen!«

Elsa Blank öffnete den Mund, wollte sich wahrscheinlich verteidigen. Doch Mona kam ihr zuvor: »Falls das so ist – wo könnte sich Achim Wollmann jetzt befinden, Frau …?«

»Kruse, Marie Kruse. Das weiß ich nicht. Vielleicht ist er ja vorzeitig abgereist, weil Elsa ihm zu aufdringlich wurde. Sie hängt doch ständig wie eine Klette an ihm!«

Kapitel 4

Elsa Blanks Teint war jetzt nicht mehr blass, sondern rot vor Wut. Auf ihrer Stirn schwoll eine Zornesader. Mona platzierte sich vorsichtshalber zwischen den beiden Frauen, um eine Auseinandersetzung zu vermeiden.

»Ich schlage vor, dass wir uns jetzt alle beruhigen«, sagte sie, bevor sie sich an Marie Kruse wandte: »Ein vorzeitiger Aufbruch erscheint mir unwahrscheinlich, da offenbar alle seine Sachen noch im Zimmer sind. - Hat jemand von Ihnen Personen bemerkt, die sich in der Nähe des Hauses aufhielten und nicht hierhergehörten? Oder Fahrzeuge, die hier geparkt waren?«

Die Kegler verneinten. Allerdings gab die Kommissarin nicht allzu viel auf die Beobachtungsgabe dieser Leute, da sie alle mehr oder weniger angeheitert waren. Sie legte eine ihrer Visitenkarten auf den Couchtisch und sagte: »Falls Ihnen noch etwas einfällt, können Sie uns jederzeit kontaktieren. Jede Kleinigkeit kann wichtig sein.«

»Also, Sie möchte ich gern näher kennenlernen«, sagte der Spaßvogel, der sich schon zuvor durch einen dummen Spruch hervorgetan hatte. Mona warf ihm einen harten Blick zu: »Ist das Verschwinden Ihres Kegelbruders für Sie nur eine Lachnummer? Wer solche Freunde hat, kann auf Feinde getrost verzichten!«

Daraufhin herrschte einen Moment lang betretenes Schweigen. Dann ergriff Vogt das Wort: »So hat Rudi das bestimmt nicht gemeint. Wir können uns bloß nicht vorstellen, dass Achim ernsthaft etwas zugestoßen ist. Er wollte sich vorhin in seinem Zimmer aufs Ohr legen, weil ihm der Alkohol zu Kopf gestiegen ist. Vielleicht ist er einfach nur spazieren gegangen, um frische Luft zu schnappen und auszunüchtern.«

Theoretisch war dies möglich, obwohl dadurch das Vorhandensein des Würfels nicht erklärt werden konnte. Die Ermittlerin bemerkte, dass sie hier vor Ort nicht weiterkam. Sie warf dem Oberkommissar einen Blick zu, und wieder einmal deutete er ihre Absicht richtig: »Wir verabschieden uns für heute. Sie werden über die Ermittlungen auf dem Laufenden gehalten.«

Bevor die Kommissare das Ferienhaus verließen, bat Mona Elsa Blank diskret um ein Foto von Achim Wollmann.

»Ich habe nur eins auf meinem Smartphone, und das wurde ja leider gestohlen«, flüsterte Elsa der Kriminalistin zu. »Aber Sie können Bilder von Achim im Internet finden, wenn sie seinen Namen und den Ort Wuppertal eingeben. Er besitzt ja einen kleinen Installationsbetrieb, der über eine Homepage verfügt.«

Mona bedankte sich für den Tipp. Als die Ermittler wieder im Auto saßen, stellte Enno fest: »Für mich ist Torsten Moje als Verdächtiger bei dem Entführungsfall aus dem Schneider. Wir sind uns wohl einig darüber, dass Achim zwingend in einem Fahrzeug fortgeschafft wurde. Natürlich könnte der Kidnapper ihn auch mit vorgehaltener Waffe zu Fuß quer über die Insel treiben. Aber das Risiko, dabei gesehen zu werden, wäre viel zu groß.«

»Ja, und mit dem Bus oder der Kleinbahn wird der Verbrecher sein Opfer auch nicht transportiert haben«, fügte Mona hinzu. Sie fragte: »Und was hältst du von der Gewitterziege, die an Achims Flucht vor Elsa glaubt?«

»Das kommt mir ziemlich unwahrscheinlich vor«, meinte der Ostfriese, »wobei es dem Liebespaar vielleicht doch nicht hundertprozentig gelungen ist, ihre Gefühle vor den übrigen Keglern zu verbergen. Doch wenn der Vermisste aus freien Stücken und auf eigene Faust abgehauen ist, wird er irgendwo wieder auftauchen – im Zweifelsfall in seiner eigenen Firma, denn als selbständiger Handwerksmeister kann er ja nicht unbegrenzt lange der Arbeit fernbleiben.«

Mona nickte gedankenverloren. Sie schaute aus dem Seitenfenster und erfreute sich für einige Momente am Anblick des Sonnenuntergangs am Horizont über den Deichen und der dahinter liegenden Nordsee.

»Hattest du auch das Gefühl, dass uns viele Dinge verschwiegen wurden, Enno?«

»Ja, diese bierselige Feierstimmung kam mir teilweise sehr aufgesetzt vor. Ich bin bloß nicht sicher, ob die Geheimnisse dieser Kegler etwas mit Achims Verschwinden zu tun haben.«

»Oder mit den roten Würfeln«, ergänzte seine Kollegin. Dann versank sie in Schweigen.

»So still bist du selten«, stellte Enno fest. »Was geht dir durch den Kopf?«

»Ich habe da so eine Idee. Aber sie ist noch zu unausgegoren, um sie dir zu präsentieren. Gedulde dich bitte, bis wir ein Foto von Achim Wollmann aus dem Internet gefischt haben.«

»Deine Einfälle sind ja meist sehr hilfreich«, lobte der Oberkommissar.

»Das sieht der Chef anders«, erwiderte Mona mit einem verkniffenen Lächeln auf den Lippen. Aber natürlich freute sie sich über die Anerkennung. Nachdem die Ermittler auf dem Hof der Polizeiwache an der Strandstraße geparkt hatten, begaben sie sich in ihr gemeinsames Büro. Die Kommissarin fuhr ihren Rechner hoch. Sie benötigte nicht lange, bis sie die nötigen Informationen zusammengetragen hatte. Auf der Homepage von Achim Wollmanns Betrieb fand sie ein professionell gemachtes Foto des Vermissten. Sie druckte es sofort mehrfach aus, damit die uniformierten Kollegen im Streifendienst nach dem Gesuchten Ausschau halten konnten. Enno gab die Fahndungsmeldung heraus und leitete die Bilder weiter. Nachdem dies geschehen war, sagte Mona: »Ich habe gerade noch einen Blick auf den Internetauftritt der munteren Kegelrunde geworfen. Dort wird der gemeinsame Borkumurlaub groß und breit angekündigt. Man muss kein Sherlock Holmes sein, um herauszufinden, dass die Truppe momentan auf unserer Insel weilt.«

Enno hob die Augenbrauen: »Du denkst an Elsa Blanks Ex-Freund Kemme?«

»Falls er sich nicht auf Borkum befindet, können wir ihn als Tatverdächtigen schnell ausschließen«, gab die Ermittlerin zurück. Sie fuhr fort: »Ich habe allerdings immer noch Mojes Ex-Schwager Ralf Wessel im Visier. Die beiden Männer können einander nicht ausstehen, darüber sind wir uns wohl einig. Und Wessel könnte einerseits Lösegeld erpressen und andererseits die Tat Moje in die Schuhe schieben. Dann hätte er zwei Fliegen mit einer Klappe geschlagen.«

»Aber warum sollte Wessel ausgerechnet Achim Wollmann kidnappen?«, gab der Ostfriese zu bedenken.

Sie erwiderte: »Ich stelle es mir so vor, dass Wessel während seiner reichlichen Freizeit an dem Ferienhaus vorbeigekommen ist. Davor steht der Kleinbus mit Wuppertaler Kennzeichen und dem Aufkleber des Kegelclubs. Es ist ein Kinderspiel, in den sozialen Medien Fotos der Mitglieder zu finden – Vor- und Nachnamen inklusive. Danach hätte Wessel herausfinden können, dass Wollmann ein Handwerksmeister ist, bei dem man zumindest ein wenig Vermögen vermuten kann. Wenn der Verdächtige lange genug um das Ferienhaus herumgeschlichen ist, dann wird er gesehen haben, dass Wollmann ein Zimmer im Erdgeschoss bewohnt. Bingo! Nun musste er nur noch die passende Gelegenheit abwarten, um den Mann mit vorgehaltener Waffe aus seinem Zimmer zu verschleppen.«

Der Oberkommissar nickte langsam und bedächtig, doch er hatte Einwände: »Soweit ich weiß, besitzt Wessel kein Auto, in dem er sein Opfer hätte fortschaffen können. Allerdings gehört seiner Mutter ein uralter Peugeot, der meistens in der Garage steht. Falls die Kiste überhaupt noch anspringt, hätte sie Wessel als Transportmittel dienen können. Und wozu dienten die roten Plastikwürfel?«

»Damit wollte Wessel eine falsche Spur legen, die auf seinen Ex-Schwager deutet«, meinte Mona. Enno erwiderte: »Da stimme ich dir zu, doch Oltbeck wirst du nicht so leicht überzeugen können.«

Hauptkommissar Hinrich Oltbeck war als Dienststellenleiter auf Borkum der direkte Vorgesetzte der beiden Ermittler. Er nahm es mit den Vorschriften sehr genau und war schon aus diesem Grund meist mit der sehr spontanen und intuitiv handelnden Kriminalistin über Kreuz. Sie sagte seufzend: »Mit dieser Voraussage dürftest du richtig liegen, Enno. - Was hältst du davon, wenn wir später bei Wessel vorbeischauen und ihm auf den Zahn fühlen?«

»Das können wir tun. Ich halte ihn allerdings nicht für so dämlich, dass er Wollmann im Haus seiner Mutter versteckt.«

Die Witwe Tatje Wessel bewohnte ein kleines Haus an der Kaapdelle. Es machte einen renovierungsbedürftigen Eindruck, das konnte Mona sogar im schwindenden Licht der Dämmerung erkennen, die inzwischen über die Insel hereingebrochen war. Die Sonne hatte sich bereits hinter dem Seehorizont verabschiedet.

»Ralf könnte ruhig mal im Haus seiner Mutter Hand anlegen«, brummte Enno, als er an der Tür klingelte. Im Erdgeschoss des Rotklinkerbaus brannte Licht. Mona ließ ihren Blick über die abblätternde weiße Farbe der Holztür schweifen: »Es kann eben nicht jeder so ein begeisterter Heimwerker sein wie du.«

»Das nehme ich mal als Kompliment«, erwiderte der Ostfriese. Bevor die beiden ihr Wortgeplänkel fortsetzen konnten, wurde ihnen geöffnet. Ralf Wessel war ein Mann in den Fünfzigern, der die Kommissarin mit seinem halb aufgeknöpften Hemd und der Goldkette um den Hals an einen Möchtegern-Playboy erinnerte. Sein sonnengebräunter Teint zeugte davon, dass er viel Zeit an der frischen Luft verbrachte.

Vermutlich, um Touristinnen anzugraben, dachte Mona, während Wessel ihre Figur mit einem lauernden Blick taxierte.

»Moin, Ralf«, sagte der Oberkommissar. »Das ist meine Kollegin Mona Sander. Hast du einen Moment Zeit für uns?«

»Ich habe euch beide schon öfter zusammen im Ort gesehen. Da dachte ich mir, dass die charmante junge Dame auch bei der Polizei ist. Deine Geliebte wird sie wohl kaum sein, nicht wahr?«

Wessel lachte, als ob er einen erstklassigen Witz gemacht hätte. Allerdings kannte er Monas Scharfzüngigkeit noch nicht. Sie fauchte: »Woher wollen Sie wissen, dass ich charmant bin? Da sind viele Leute ganz anderer Meinung. Und – wieso trauen Sie meinem Kollegen nicht zu, eine Freundin zu haben? Finden Sie ihn etwa nicht attraktiv?«

Mit einem solchen Anwurf hatte Wessel offenbar nicht gerechnet. Ihm blieb vor Erstaunen der Mund offen stehen. Enno lachte und meinte: »Lass es gut sein, Mona. - Wir haben nur ein paar Fragen, Ralf.«

Mit diesen Worten schob er die Kommissarin vor sich her ins Haus. Dort roch es nach einem scharfen Reinigungsmittel. Wessels Mutter schien ihr Heim wenigstens von innen in Schuss halten zu wollen, wenn ihr schon die Kraft oder die Mittel für eine Renovierung der Außenfassade fehlten. Jedenfalls konnte die Ermittlerin sich nicht vorstellen, dass Wessel höchstpersönlich putzte.

Dieser Lackaffe macht sich doch niemals freiwillig die Hände schmutzig, dachte sie gereizt. Doch trotz ihrer spontanen Abneigung gegen den Mann fragte sie sich, ob er als Verdächtiger bei der vermuteten Entführung überhaupt in Betracht kam. Würde er wirklich im Haus seiner Mutter sitzen, nachdem er wenige Stunden zuvor Wollmann gekidnappt hatte? Ja, gewiss – jedenfalls dann, wenn er mit einem Besuch durch die Polizei rechnete.

»Mama hat sich schon aufs Ohr gelegt«, sagte der Verdächtige im Plauderton, während er die Kommissare in die Küche führte. Dort war er offenbar gerade mit dem Abendbrot beschäftigt gewesen. Auf einem Holzbrettchen lag ein halb gegessenes Mettwurstbrot. Zusätzlich hatte Wessel sich einige Minigurken gegönnt. Außerdem stand natürlich eine Kanne Tee auf dem Stövchen, ohne den in Ostfriesland nichts ging. In der Küche schien die Zeit stehengeblieben zu sein. Mona konnte sich vorstellen, dass es dort schon so ausgesehen hatte, als Tatje Wessel noch jung gewesen war. Der eiserne Herd und der in die Jahre gekommene wuchtige Küchenschrank hätten auch in einem Museumsdorf stehen können. Wessel setzte sich an den Tisch und sagte: »Ich beherberge hier keinen Verbrecher, falls ihr das annehmt. Daher weiß ich nicht, wie ich euch helfen kann.«

»Einen Kriminellen haben wir mit keiner Silbe erwähnt«, stellte Mona klar und schaute ihm so lange in die Augen, bis er seinen Blick abwandte. Wessel schien zu begreifen, dass er es sich mit ihr verscherzt hatte.

»Sie wissen doch bestimmt, dass der Bruder meiner Ex-Frau vorbestraft ist«, murmelte Wessel. Die Kommissarin nahm es als ein gutes Zeichen, dass sie von ihm gesiezt wurde – wie sie es zuvor schon mit ihm gemacht hatte. Das Duzen war in ihren Augen ein Zeichen für ein gewisses Maß an Vertrautheit, die sie für diesen Menschen ganz gewiss nicht empfand. Außerdem kannte sie Wessel nicht schon ihr ganzes Leben lang, so wie Enno es wahrscheinlich tat.

»Torsten Moje war also heute nicht hier?«, vergewisserte der Oberkommissar sich. Wessel schüttelte den Kopf.

»Und wo bist du gewesen, Ralf?«

»Heute Morgen bin ich am Strand gewesen, um ein wenig Luft zu schnappen. Danach war ich die ganze Zeit hier und habe mich um meine Mutter gekümmert. Das kann sie bezeugen.«

Diese Antwort kam für Monas Geschmack ein wenig zu schnell über seine Lippen. Sie hakte nach: »Eben sagten Sie noch, dass Ihre Mutter schlafen würde.«

»Ja, aber erst seit ein paar Minuten«, behauptete Wessel. Er fügte hinzu: »Worum geht es denn überhaupt?«

Die Kommissare wollten sich vom Verdächtigen nicht in die Karten schauen lassen. Daher blieb die Information aus Monas Mund vage: »Wir befragen verschiedene Menschen, ob ihnen etwas Ungewöhnliches aufgefallen ist.«

»Hier in der Umgebung? Muss ich mir Sorgen um Mama machen?«, fragte Wessel.

»Es handelt sich um eine reine Routinemaßnahme«, gab Enno in bestem Beamtendeutsch zurück. Und ergänzte: »Wir wünschen dir und deiner Mutter noch einen schönen Abend.«

Mit diesen Worten verabschiedete er sich. Auch Mona tat, als ob sie unverrichteter Dinge verschwinden würden. Doch nachdem sie das Haus verlassen hatte, zeigte sie auf die Garage: »Hast du auch einen Schrei gehört, Enno?«

Sie wartete keine Antwort ab, sondern öffnete das nicht verschlossene Garagentor. Darin stand ein altes Auto. Die Kommissarin legte ihre flache Hand auf die Motorhaube.

Sie war noch warm.

Kapitel 5

Mona wäre am liebsten ins Haus zurückgestürmt und hätte sich Wessel vorgeknöpft. Doch Enno durchschaute ihre Absicht und hielt sie zurück: »Du kommst in Teufels Küche, wenn du Ralf jetzt noch einmal befragst! Wir sind ohne Durchsuchungsbeschluss in die Garage eingedrungen. Ich habe jedenfalls keinen Schrei gehört.«

»Na ja ...«, druckste die Kommissarin. Sie wusste selbst, dass ihr Verhalten gegen die Vorschriften verstieß. Aber Monas Gefühl sagte ihr, dass Wessel etwas zu verbergen hatte. Sie schaltete ihre Taschenlampe ein und ging zum Heck des alten Peugeots.

»Willst du etwa auch noch den Kofferraum öffnen?«, fragte der Oberkommissar entgeistert.

»Darauf kommt es jetzt auch nicht mehr an.«

Mit diesen Worten öffnete sie den Kofferraum, der gar nicht abgeschlossen war. Darin fand sie absolut nichts, abgesehen von einem Reserverad. Trotzdem steckte die Ermittlerin ihren Kopf hinein, weil ihr ein penetranter Lavendelgeruch in die Nase stieg. Sie entdeckte eine kleine Pfütze, benetzte ihren Finger mit der Flüssigkeit und roch daran. Erneut Lavendel, diesmal in einer starken Konzentration. Was hatte das zu bedeuten? Sie schaute zu Enno hinüber, der offenbar Blut und Wasser schwitzte. Noch schien Wessel die ungebetenen Gäste in seiner Garage nicht bemerkt zu haben. Der Raum war zu klein, er bot keine Versteckmöglichkeit für eine Geisel. Außer dem betagten französischen Auto befand sich darin nur noch ein Metallregal. Mona huschte wie eine Maus ins Freie, machte ihre Taschenlampe aus und verschloss leise das Garagentor.

Enno rang nach Luft, als er wieder im Auto saß. Er umklammerte mit beiden Händen das Lenkrad, als ob er sich daran festhalten müsste: »Ich hätte beinahe einen Herzkasper bekommen! Wenn Ralf Wessel von unserer Aktion Wind bekommen hätte und dazwischengegrätscht wäre, dann könnten wir die gesamte Ermittlung gegen ihn vergessen.«

»Ab sofort werde ich brav sein«, versprach Mona und warf ihrem Kollegen vom Beifahrersitz aus eine Kusshand zu. Dann sagte sie: »Ist dir in Wollmanns Zimmer ein Lavendelgeruch aufgefallen?«

»Nee, und auch in dem Bad nicht, das er sich mit den anderen Gästen teilt. Da bin ich nämlich noch kurz gewesen. Warum fragst du?«

Die Kommissarin berichtete von dem intensiven Duft im Kofferraum und von der Flüssigkeit. Enno runzelte die Stirn und erwiderte: »Dabei könnte es sich um ein Parfüm handeln.«

»Das habe ich auch gedacht, Kollege. Aber wer soll das Wässerchen auftragen? Wessel müffelt nicht danach, das wäre mir aufgefallen. Und dass er seiner Mutter ein Parfüm mitbringt … das wäre zumindest denkbar.«

»Dann hätte es im Haus aber zumindest ein wenig nach Lavendel riechen müssen und nicht nur nach Putzmittel«, meinte der Oberkommissar. Er fuhr fort: »Wir sollten Wessel im Auge behalten. Allein schon, weil er uns verschwiegen hat, dass er vor kurzem den Wagen benutzte. - Aber du wirst bitte die Sache mit dem Parfüm bei der Morgenbesprechung unerwähnt lassen. Sonst wird sich Oltbeck den Kopf darüber zerbrechen, warum du dein Näschen in den Kofferraum stecken durftest.«

*

Mona schlief in der folgenden Nacht schlecht. Immer wieder befasste sich ihr Unterbewusstsein mit dem Schicksal des Verschwundenen. Eine zündende Idee blieb dabei aus. Stattdessen träumte sie wild von verschiedenen Möglichkeiten, wo sich Achim Wollmann befinden könnte: in einem Müllcontainer, in einem leeren Strandkorb – oder unter ihrem eigenen Bett! Schweißgebadet wachte die Kommissarin auf. Der Morgen war grau und diesig, was zu ihrer Stimmung passte. Doch als sie wenig später ihren Hund abholte und Rufus an ihr hochsprang, war die miese Laune sofort verflogen. Die riesige Dogge war fast so groß wie Mona, zumindest kam es ihr so vor. Der übliche Marsch zum Hundestrand gehörte zu ihren Ritualen, an denen sie auf Biegen und Brechen festhielt. Während der Rüde mit seinen Artgenossen in der Brandung tobte, hing die Kommissarin ihren Gedanken nach: Was hatte dieser intensive Geruch nach Lavendel zu bedeuten? Hielt Wessel sein Opfer vielleicht im Hinterzimmer einer Parfümerie gefangen? Sie führte sich die einschlägigen Läden auf Borkum vor Augen und kam zu dem

Ergebnis, dass keiner von ihnen baulich für dieses Vorhaben geeignet wäre. Gab es einen ganz alltäglichen harmlosen Grund für den Duft? Witterte Mona überall nur Verbrechen und sah den Wald vor lauter Bäumen nicht? War Wessel vielleicht völlig unschuldig, und die roten Würfel hatten gar nichts mit den Spannungen zwischen Wessel und Moje zu tun?

Während der Ermittlerin diese Überlegungen durch den Kopf schwirrten, ließ sie ihren Blick über den breiten Strand und den nahegelegenen Dünenrand gleiten. Um diese frühe Uhrzeit waren noch nicht viele Menschen unterwegs. Eine ältere Borkumerin mit einem Foxterrier näherte sich. Mona kannte sie, weil sie gelegentlich mit anderen Hundefreunden ein paar Worte wechselte. Die Terrierbesitzerin hieß Femke und war mit der Kommissarin per du. Sie wusste auch, dass Mona Polizistin war.

»Moin – gut, dass ich dich treffe!«, rief Femke schon von weitem. Sie wirkte aufgeregt, obwohl sie normalerweise die Ruhe selbst war. Es musste etwas Außergewöhnliches geschehen sein. Die Ermittlerin ging auf die Frau mit der grauen Kurzhaarfrisur zu: »Was ist denn los?«

Femke deutete nach links Richtung Dünen: »Da torkelt ein Mann herum, er scheint sturzbetrunken zu sein und ist außerdem am Kopf verletzt. Ich hätte schon auf der Wache angerufen, aber ausgerechnet heute habe ich mein Handy daheim gelassen, und ...«

»Jetzt hast du ja mich erreicht!«, erwiderte Mona. »Ich werde mir den Herrn mal anschauen!«

Nachdem sie diesen Satz ausgesprochen hatte, stieß sie einen schrillen Pfiff aus. Rufus spitzte die Ohren, schüttelte das Wasser ab und kam sofort zu seinem Frauchen gerannt.

»Wir haben jetzt einen inoffiziellen Polizeieinsatz, mein Hübscher!«, raunte sie und nickte Femke dankbar zu. Natürlich hätte Mona Verstärkung durch ihre Kollegen anfordern können, aber sie wollte sich den Trunkenbold zunächst selbst anschauen. Während ihrer Jahre in Uniform hatte sie Erfahrungen mit Menschen in den verschiedensten Stadien der Trunkenheit gemacht und konnte die Gefahr für sich selbst meist realistisch einschätzen. Außerdem hatte sie ja momentan ihren vierbeinigen Bodyguard bei sich. Die meisten Männer hatten gewiss kein Interesse daran, sich mit einer so großen und muskulösen Dogge wie Rufus anzulegen. Da machte es auch nichts, dass Mona ansonsten unbewaffnet war. Ihre Dienstpistole befand sich auf der Wache, vorschriftsmäßig eingeschlossen.

Die Kommissarin leinte ihren Hund sicherheitshalber an und lief mit ihm zusammen in die Richtung, die ihr von Femke gezeigt worden war. Auf Borkum gab es zahlreiche Wanderwege, von denen die Naturschutzgebiete durchzogen wurden. Mona vermutete allerdings, dass ein Mann unter starkem Alkoholeinfluss sich nicht an die Regeln hielt und querfeldein durch die Landschaft stolperte. Sie erreichte ein Dünental, machte einen langen Hals – aber nirgendwo konnte sie eine Spur von der Person erkennen. Auch nach Blutflecken auf dem Weg oder im Sand suchte sie vergeblich. Ob Femke sich geirrt hatte? Davon ging die Kommissarin jedoch nicht aus und intensivierte ihre Suche, indem sie einen Zickzackkurs einschlug und versuchte, sich vom nächsten Dünenkamm aus einen Überblick zu verschaffen. Und sie hatte Glück: Aus großer Entfernung erblickte sie eine Gestalt, die sich einen Weg hinunter zum Strand gebahnt hatte und dort hin und her schwankte. Noch konnte Mona nicht beurteilen, ob es sich um den berauschten Mann handelte.

»Komm, Rufus!«

Mit diesen Worten begann sie zu rennen, regelmäßiges Joggingtraining wirkte sich auf Monas Fitnesszustand äußerst positiv aus. Sie ließen einen hölzernen Bohlenweg hinter sich und erreichten nun wieder das breite Sandband des Strandes, der hier weitab von der Promenade um diese frühe Uhrzeit noch so gut wie menschenleer war.

Der Mann hatte sie noch nicht bemerkt, da er ihnen den Rücken zukehrte. Er musste wirklich gewaltige Alkoholmengen vertilgt haben, jedenfalls konnte er sich kaum noch auf den Beinen halten. Er gab ein schmerzerfülltes Stöhnen von sich.

In dem weichen Sand kam die Ermittlerin nicht mehr so gut vorwärts, aber schließlich erreichte sie den Unbekannten und schob sich in sein Blickfeld. Im gleichen Moment bemerkte sie, dass Femke sich geirrt hatte: Der Mann war keineswegs betrunken, jedenfalls roch er nicht nach Alkohol und machte auch ansonsten keinen angesäuselten Eindruck. Vielmehr schien eine Platzwunde am Kopf der Grund für seinen Zustand zu sein. Das Blut war ihm über die Stirn geflossen. Und sein Gesicht war deutlich zu erkennen.

»Moin, ich bin Kommissarin Sander von der Polizei Borkum! Ich hole sofort Hilfe – Sie sind Achim Wollmann, nicht wahr?«

Der Verletzte war blass, sein Mund stand halb offen. Er schaute Mona an, als ob sie ihm eine unglaublich schwere Frage gestellt hätte.

»Wollmann soll ich heißen? - Nun gut, wenn Sie es sagen … aber ich kann mich nicht erinnern.«

Kapitel 6

Ein Gedächtnisverlust bei einer Kopfverletzung war nichts Ungewöhnliches. Fest stand, dass Wollmann sofort medizinische Hilfe benötigte. Sie alarmierte per Handy den Notarzt. Dann legte sie den Arm um den Verletzten und sagte: »Wir gehen jetzt gemeinsam hoch zur Randzelstraße, der Rettungswagen kann nicht bis an den Strand kommen. Ich stütze Sie, einverstanden?«

Wollmann nickte und biss die Zähne zusammen. Mona konnte sich vorstellen, dass seine Knie sich weich wie Pudding anfühlten. Sein Gewicht war nicht zu unterschätzen, aber sie schaffte es trotzdem, ihn aufrecht zu halten. Viele Menschen trauten der Kommissarin wegen ihrer geringen Körpergröße nicht viel zu, aber sie war zäh und voller Durchhaltewillen. Wollmann torkelte. Trotzdem gelang es ihr, ihn in die passende Richtung zu dirigieren. Monas Rücken schmerzte, als sie Wollmann endlich bis zur Randzelstraße geschafft hatte. Dort durfte sich der Verletzte beim Fahrradabstellplatz auf den Boden setzen. Die Ermittlerin klopfte ihm aufmunternd auf die Schulter. Während sie auf die Hilfe wartete, kniete sie sich vor Wollmann und schaute ihm in die Augen: »Gibt es etwas, woran Sie sich noch erinnern können, bevor … Sie verletzt wurden?«

Wollmanns Kleidung war schmutzig. Es erschien der Kommissarin gut vorstellbar, dass er die ganze Nacht lang orientierungslos durch die Gegend geirrt war. Wie hätte er auch zum Ferienhaus zurückfinden können, wenn ihn sein Gedächtnis im Stich ließ? Er schien über ihre Frage ernsthaft nachzudenken. Zögernd sagte er: »Ich hatte ein paar Biere getrunken und wollte mich hinlegen, weil ich müde war. Aber wann das gewesen ist, kann ich nicht sagen. Ich habe keine Uhr.«

Diese Aussage deckte sich mit Elsa Blanks Angaben. Die Kommissarin hätte Wollmann gern noch mehr gefragt, aber momentan schien dies sinnlos zu sein. Wenig später ertönte die Sirene des Rettungswagens. Dr. Siemers und zwei Sanitäter stießen zu Mona und dem Verletzten. Nachdem die Ermittlerin den jungen glatzköpfigen Arzt über Wollmann informiert hatte, rief sie Enno an: »Du kannst die Suche nach dem Vermissten abblasen, ich habe ihn gefunden.«

»Und das schon vor Dienstbeginn? Willst du Fleißzettelchen sammeln?«

»Der Spruch hätte auch von Grietje stammen können, mein Freund. - Nein, ernsthaft: Die Lorbeeren gehören einer aufmerksamen Hundebesitzerin, die ich kenne. Wollmann ist verletzt, Dr. Siemers untersucht ihn gerade.«

»Also konnte er dem Kidnapper entkommen? Oder hat der Kriminelle ihn laufenlassen? Aber aus welchem Grund?«, rätselte der Ostfriese.

»Darüber können wir nur spekulieren, solange wir das Motiv des Täters nicht kennen. - Ich komme zur Wache, sobald ich Rufus bei deiner Frau abgeliefert habe.«

Mit diesen Worten beendete sie das kurze Telefonat. Die Dogge war Dauergast bei den Molls, die über genügend Platz für ein so großes Tier verfügten. Monas kleine Wohnung wäre höchstens für einen Handtaschenhund geeignet gewesen, und so konnte man Rufus nun wirklich nicht bezeichnen. Sie hatte ja auch niemals daran gedacht, sich ein Haustier zuzulegen. Der Rüde war durch einen dramatischen Mordfall ihr ständiger Begleiter geworden.

Dr. Siemers hatte sich mit Wollmann befasst und kam zu der Ermittlerin herüber: »Die Kopfwunde des Patienten muss genäht werden, wir nehmen ihn mit ins Krankenhaus. Seine Amnesie ist offensichtlich auf den Schlag zurückzuführen, den er erlitten hat.«

»Also gehen Sie von einem Verbrechen aus?«, vergewisserte sie sich.

»Ich möchte nicht meine Hand dafür ins Feuer legen, aber nach einem Unfall sieht mir die Wunde nicht aus«, erwiderte der Mediziner. Die Sanitäter hatten Wollmann bereits auf eine Trage gehoben und schoben ihn nun in den Rettungswagen. Dr. Siemers verabschiedete sich von Mona und stieg ebenfalls ein. Gleich darauf preschte das Fahrzeug Richtung Gartenstraße, wo sich das kleine Borkumer Stadtkrankenhaus befand.

Mona machte sich auf den Weg zu Birte Moll, die für Rufus inzwischen so etwas wie ein zweites Frauchen geworden war. Danach musste die Kommissarin sich noch in ihrer Wohnung umziehen, weil sie zur morgendlichen Hunderunde stets in Sportklamotten aufbrach. Da sie an diesem Morgen noch die Suchaktion nach dem vermeintlich Betrunkenen eingeschoben hatte, erschien sie eine halbe Stunde zu spät zu Dienst. Der Chef war trotzdem in gelöster Stimmung, als sie mit hängender Zunge in sein Büro platzte: »Moin, Frau Sander! Herr Moll hat mir schon berichtet, dass Sie die vermisste Person retten konnten.«

Enno saß bereits auf einem der beiden Besucherstühle, die sich vor dem Schreibtisch des Hauptkommissars befanden. Mona ließ sich auf die andere Sitzgelegenheit fallen und fasste kurz zusammen, was sich am frühen Morgen ereignet hatte. Sie fügte hinzu: »Wenn man zu Fuß unterwegs ist, dann benötigt man vom Ferienhaus der Kegelgruppe bis zu dem Strandabschnitt, wo ich Herrn Wollmann erblickt habe, ungefähr eine Dreiviertelstunde. Wobei ich davon ausgehe, dass er mit einem PKW zunächst an einen bisher unbekannten Ort geschafft wurde.«

Oltbeck hakte nach: »Ist denn überhaupt sichergestellt, dass eine Entführung stattgefunden hat? Laut Herrn Moll gab es in dem Zimmer keine Kampfspuren. Und die anderen Bewohner haben ebenfalls nichts bemerkt.«

Die waren besoffen, dachte Mona. Sie sagte: »Dr. Siemers meint, dass Wollmanns Kopfwunde unmöglich von einem Unfall verursacht worden sein kann. Außerdem – falls Wollmann wirklich aus freien Stücken das Haus verlassen hat, wird dadurch nicht das Vorhandensein des roten Würfels erklärt.«

Der Chef reagierte gereizt: »Ich kann mir vorstellen, dass Sie wieder ein raffiniertes kriminelles Komplott wittern, Frau Sander! Aber haben Sie einmal erwogen, dass diese Würfel ohne Sinn und Zweck platziert wurden – weil irgendein Possenreißer es lustig findet?«

»Wir ermitteln in alle Richtungen«, erklärte Enno schnell, bevor seine Kollegin sich durch eine unbedachte Antwort um Kopf und Kragen reden konnte. Dank seines Einwurfs gewann sie Zeit, um einmal tief durchzuatmen. Nun konnte sie mit etwas mehr Ruhe auf Oltbeck eingehen: »Sobald Wollmann sich an die Ereignisse erinnert, werden wir wissen, ob er entführt wurde oder nicht.«

Der Chef schnarrte: »Schön, dann handeln Sie entsprechend! Aber vernachlässigen Sie darüber Ihre ursprüngliche Aufgabe nicht. Die Taschendiebe sollen merken, dass Borkum kein geeignetes Betätigungsfeld für sie ist. - Wie ich höre, haben Sie immer noch nicht den Täter gefasst, der Elsa Blanks Portemonnaie und Mobiltelefon entwendet hat.«

»Wir arbeiten daran«, versicherte der Oberkommissar. Er stand schnell auf und ging hinaus. Mona folgte ihm. Es wäre sinnlos gewesen, jetzt noch weiter auf den Vorgesetzten einwirken zu wollen. Oltbeck ließ sich durch Fakten überzeugen – dann war er auch bereit, seine vorgefassten Meinungen schnell über Bord zu werfen. Es mangelte ihm allerdings an Fantasie, die hingegen bei der Kommissarin reichlich vorhanden war.

»Besuchen wir Wollmann in der Klinik?«, fragte Mona.

»Ja, vielleicht gibt es schon eine genauere Diagnose. - Übrigens war es sehr gut, dass du dich nicht verplappert hast, was Wessels Garage betrifft.«

Sie sagte: »Ich bin sicher, dass dieser Kerl Dreck am Stecken hat, Enno. Aber als ich Wollmann vorhin zur Randzelstraße brachte, konnte ich ausgiebig an ihm schnuppern. Das Opfer roch weder nach Alkohol noch nach Lavendel. Es sieht nicht danach aus, als ob er im Kofferraum des Peugeots gewesen wäre.«

»Das Wessel-Rätsel kann warten«, entschied der Ostfriese. »Bevor wir zum Krankenhaus fahren, sollten wir Elsa Blank über Wollmanns Rettung informieren. Ich denke, dass du dies am liebsten selbst tun möchtest.«

»Ja, damit liegst du mal wieder richtig«, erwiderte die Kommissarin. Sie fuhren zum Ferienhaus in der Reedestraße, wo die Kegelschwestern und -brüder beim Frühstück saßen. Die meisten machten einen verkaterten Eindruck. Elsa Blank war blass und hatte dunkle Ringe unter den Augen. Mona konnte sich nicht vorstellen, dass sie auch nur ein Auge zugetan hatte. Die Tür war durch Vogt höchstpersönlich geöffnet worden. Als die Ermittler in die Küche traten, sprang Elsa sofort auf: »Haben Sie Achim gefunden?«

»Ja, er ist verletzt und wird momentan im Krankenhaus behandelt«, antwortete Enno. »Wir fahren jetzt dorthin. Wenn Sie wollen, können wir Sie mitnehmen.«

Elsa Blank brach vor Erleichterung in Tränen aus.

»Muss Liebe schön sein!«, spottete Marie Kruse, bevor sie in ihr Marmeladenbrötchen biss. Diese herzlose Reaktion brachte die Ermittlerin auf die Palme: »Ein wenig Mitgefühl würde auch Ihnen gut stehen, meine Dame! Noch einmal zum Mitschreiben: Nach unserem Kenntnisstand wurde Achim Wollmann Opfer einer Straftat. Wenn jemand von Ihnen etwas darüber weiß und uns diese Information vorenthält, dann kann er oder sie sich auf eine Anklage wegen Behinderung der Justiz gefasst machen!«

Mona wusste nicht, ob die Staatsanwaltschaft ein solches Verfahren überhaupt angestrengt hätte. Aber ihre klare Ansage führte immerhin dazu, dass Marie Kruse den Mund hielt, errötete und sich nur noch ihrem Frühstück widmete. Elsa Blank eilte in ihr Zimmer und holte ihre Strickjacke. Die Ungeduld war ihr an der Nasenspitze anzusehen.«

»Wir kommen wieder«, sagte die Kommissarin zum Abschied. Ihr Satz war durchaus drohend gemeint. Für ihren Geschmack zeigten die übrigen Vereinsmitglieder bemerkenswert wenig Interesse an Wollmanns Schicksal. Aus welchem Grund? War er ihnen einfach gleichgültig oder hatten sie die Entführung nicht ernst genommen? Sie führte sich vor Augen, dass die muntere Runde am Vortag ziemlich alkoholisiert gewesen war. Aber ob dieser Zustand ausreichte, um ihr Desinteresse zu erklären? Und Marie Kruse hatte sich regelrecht gemein benommen. Ob sie eine verflossene Liebe von Wollmann war, die durch Elsa Blank ersetzt wurde?

Die Kommissare verließen gemeinsam mit Elsa Blank das Ferienhaus. Sie nahm auf dem Rücksitz Platz, Enno fuhr. Mona drehte den Kopf in ihre Richtung: »Ist Ihnen inzwischen noch jemand eingefallen, der es auf Achim Wollmann abgesehen haben könnte?«

»Nein, ich habe mir das Gehirn zermartert – aber außer meinem Ex-Freund fällt mir niemand ein«, lautete die Antwort. Mona war noch nicht dazu gekommen, Michael Kemme zu überprüfen. Die nächste Frage kam von Enno: »Sie und Marie Kruse sind wohl nicht die besten Freundinnen?«

»Nein, wirklich nicht – Sie haben diese falsche Schlange ja eben gerade erlebt!«, gab Elsa Blank heftig zurück. Sie fuhr fort: »Ich hatte angenommen, dass Achim und ich unsere Gefühle in Gegenwart des Kegelclubs gut versteckt hätten. Das war wohl ein Irrtum.«

»Könnte Kegelschwester Marie eine Ex-Freundin von Herrn Wollmann sein?«, wollte Mona wissen.

»Falls das der Fall ist, hat Achim es mir gegenüber nie erwähnt«, behauptete Elsa Blank. »Ich muss jetzt unbedingt erfahren, wie es ihm geht!«

Die Kommissarin konnte diesen Wunsch natürlich nachvollziehen. Sie musste sich nur vorstellen, dass ihr Freund Jan Lummer verletzt wäre und sie über seinen Zustand im Unklaren wäre … ein Gedanke, den sie sich nicht genauer ausmalen wollte. Zum Glück hatte Jan als Gastwirt einen relativ ungefährlichen Beruf, wenn man von gelegentlichem Zoff mit Betrunkenen absah. Aber erstens konnten sich die meisten Gäste in seinem gemütlichen Seglerlokal *Nordsee Kajüte* durchaus benehmen, und zweitens verfügte Jan – ähnlich wie Enno – über eine größtenteils entspannte Gemütslage, wodurch er auch aufgebrachte Mitmenschen schnell beruhigen konnte. Während der Ermittlerin diese Überlegungen durch den Kopf gingen, hatten sie die Klinik in der Gartenstraße bereits erreicht. Elsa Blank war kaum zu bremsen. Nach einigem Hin und Her gelang es Mona, Dr. Siemers zu sprechen. Sie stellte ihm die Freundin des Verletzten vor.

»Ich habe die Kopfwunde genäht und dem Patienten ein Beruhigungsmittel sowie etwas gegen die Schmerzen verabreicht«, erklärte der Mediziner. »Seine Gedächtnislücke existiert nach wie vor. Er braucht jetzt vor allem viel Ruhe. - Daher möchte ich Sie bitten, von einer Befragung vorerst abzusehen, Frau Sander.«

»Darf ich ihn denn sehen?«, wollte Elsa Blank wissen. Sie warf dem Arzt einen flehenden Blick zu.

»Also gut, aber nur ein paar Minuten«, lautete die Antwort. Er brachte Wollmanns Freundin persönlich zu dem Krankenzimmer. Danach kehrte er zu Mona auf den Flur zurück.

»Rufen Sie mich an, wenn sich Herrn Wollmanns Zustand bessert?«

»Selbstverständlich, Frau Sander.«

Die Kommissare verabschiedeten sich aus dem Krankenhaus und fuhren zur Touristeninformation, die sich am Georg-Schütte-Platz unmittelbar gegenüber vom Inselbahnhof befand. Da jeder Besucher Borkums einen Gästebeitrag entrichten musste, wurden ihre Namen dort erfasst. Die Angestellten waren den Ermittlern schon öfter behilflich gewesen. Auch diesmal erwies sich der Besuch als nützlich: Ein Urlauber namens Michael Kemme befand sich auf der

Insel. Er war in der Frühstückspension *Oude Hus* untergekommen, die von Ennos alter Schulfreundin Elske Fokken betrieben wurde.

Da sich das Gästehaus am Bahnhofspfad befand, gingen die Kommissare die wenigen Schritte dorthin zu Fuß. Der Ostfriese dachte laut nach: »Ich würde es einem eifersüchtigen Ex-Freund ja durchaus zutrauen, auf den neuen Liebhaber seiner Verflossenen loszugehen, ihn vielleicht sogar zu kidnappen ... aber wozu sollen die beiden Würfel gut sein? Erst bekommt Elsa einen in die Handtasche, dann hinterlässt der Täter ein zweites Exemplar in Wollmanns Zimmer.«

»Diese Würfel könnten eine Bedeutung haben, die wir noch nicht kennen, Enno. - Ich war ja davon ausgegangen, dass damit eine falsche Spur in Richtung Torsten Moje gelegt werden sollte. Aber vielleicht beinhalten diese Gegenstände eine Botschaft, die nur unseren munteren Keglern bekannt ist – oder zumindest einigen von ihnen.«

»Da denkst du wahrscheinlich an unser Liebespaar«, vermutete der erfahrene Kriminalist, »die beiden verschweigen uns garantiert etwas, bloß beweisen lässt sich das noch nicht. Wenn wir uns täuschen und die Würfel belanglos sind, dann gehe ich freiwillig zum Nachsitzen in die Polizeischule zurück.«

»Lass es bleiben, du würdest dich nur langweilen«, gab Mona lachend zurück.

Die Pension *Oude Hus* war in einem gemütlichen alten Backsteinhaus untergebracht, in dem die Zeit stehengeblieben schien. Tagsüber schloss die Wirtin nicht ab, daher traten die Ermittler sofort ein. Es roch nach gebratenen Eiern und starkem Tee, da die Frühstückszeit noch in vollem Gang war. Die Gäste im Speiseraum blickten neugierig auf, als sie Enno und Mona erblickten. Vermutlich glaubten sie, es mit Neuankömmlingen zu tun zu haben. Elske Fokken kam aus der Küche, eine große Teekanne in den Händen.

»Moin, ihr beiden!«, rief die grauhaarige Seniorin fröhlich. »Es ist immer schön, euch zu sehen – auch wenn die Anlässe meist unerfreulich sind.«

Den letzten Satz hatte sie so leise hinzugefügt, dass die Urlauber ihn nicht mitbekamen. Elske Fokken war zwar selbst sehr aufmerksam und hörte buchstäblich die Flöhe husten – doch sie konnte auch diskret sein. Ihr war natürlich bewusst, dass die Kommissare nicht einfach auf einen Klönschnack vorbeigekommen waren. Wenn dieses Duo in ihrer Pension erschien, ging es immer um Polizeiarbeit. Elske lieferte die Teekanne bei einem älteren Ehepaar an einem Fenstertisch ab und ging dann mit den Ermittlern in die Küche, wo sie ungestört reden konnten.

»Wir müssen mit deinem Gast Michael Kemme sprechen«, sagte Mona. Die Wirtin gab bereitwillig Auskunft: »Kemme hat Zimmer Nummer drei. Er ist noch nicht zum Frühstück erschienen, er gehört zu den Langschläfern.«

»Wie lange ist er denn schon hier?«

»Seit zwei Tagen, Enno.«

Also befindet er sich genauso lang auf der Insel wie die Kegler, dachte Mona. Sie fragte: »Wie schätzt du ihn ein? Was ist er für ein Mensch?«

»Kemme kann man nicht als Plaudertasche bezeichnen. Er bekommt kaum die Zähne auseinander. Ich halte ihn für einen in sich gekehrten Mann. Bisher ist er stets nach dem Frühstück abgehauen und erst spätabends wiedergekommen. Wahrscheinlich geht Kemme seinem Hobby nach, dem Fotografieren. Er hat so eine teure Spiegelreflexkamera, ohne die er die Pension nicht verlässt.«

»Wir müssen so bald wie möglich mit ihm sprechen«, stellte Mona klar.

»Das trifft sich gut«, erwiderte die Wirtin. »Er hat soeben sein Zimmer verlassen, ihr könnt direkt mit ihm Kontakt aufnehmen.«

Die Kommissarin fragte sich, woher Elske darüber Bescheid wusste. Sie befand sich ja mit den Ermittlern in der Küche, beide Türen des Raums waren geschlossen. Mona führte sich vor Augen, dass die Seniorin jedes noch so winzige Geräusch in ihrer Frühstückspension richtig einordnen konnte. Eben gerade hatte eine Fußbodendiele leise geknarrt. Vermutlich entstand dieses Geräusch nur, wenn jemand das Zimmer Nummer drei verließ. Es war im Erdgeschoss, genau wie die Küche und der Speiseraum. Die Kommissarin stieß die Tür zum Korridor auf. Ein Mann kam ihr entgegen, er wollte offenbar zum Frühstück. Er warf ihr einen desinteressierten Blick zu. Natürlich wusste er nicht, mit wem er es zu tun hatte.

»Moin, sind Sie Michael Kemme?«

Während Mona diese Frage stellte, musterte sie ihn kurz. Er war ungefähr einen Kopf größer als sie selbst. Seine Statur konnte man ihrer Ansicht nach am ehesten als sehnig bezeichnen. Er trug eine knielange Khakihose und ein dunkles T-Shirt. Das wirr vom Kopf abstehende Haar war kastanienbraun. Er kniff seine Augen zusammen und erwiderte: »Wer will das wissen?«

Sie zeigte ihren Dienstausweis.

»Ich bin Kommissarin Sander, das ist Oberkommissar Moll. Wir sind von der Polizei Borkum. - Sie kommen aus Wuppertal, Herr Kemme?«

»Ja, ist das neuerdings verboten?«

Wenn er glaubte, die Ermittlerin durch eine patzige Antwort schnell loswerden zu können, dann hatte er sich getäuscht. Sie schenkte ihm ein charmantes Lächeln: »Nein, selbstverständlich nicht. Und es ist auch nicht strafbar, der Ex-Freund von Elsa Blank zu sein. Aber wenn sowohl diese Frau als auch ihr neuer Lebensgefährte zu Opfern von Verbrechen geworden sind, dann ergeben sich für uns Fragen. Also sollten wir ein wenig miteinander plaudern, bevor Sie frühstücken, finden Sie nicht?«

Die Kommissarin hatte sich ihm in den Weg gestellt. Kemme konnte gar nicht den Speiseraum betreten, wenn er sie nicht über den Haufen rennen wollte. Enno hatte sich neben ihm platziert und nickte dem Verdächtigen freundlich zu. Kemme schaute erst Mona, dann den hünenhaften Ostfriesen an. Er stieß einen Seufzer aus: »Also gut, dann lassen Sie uns ins Lesezimmer gehen. Da sind wir um diese Zeit ungestört.«

Elske Fokkens Pension verfügte über einen kleinen Aufenthaltsraum, in dem wenige Clubsessel zum Verweilen einluden. Die Holzregale waren mit zerlesenen Krimis und Romanzen gefüllt, die von den Schauplätzen her an der Nordsee oder auf den Inseln angesiedelt waren. Es gab auch einige Brettspiele, die ihre besten Zeiten schon lange hinter sich hatten. Kemme ließ sich in ein Sitzmöbel fallen, als ob er gerade einen Marathonlauf absolviert hätte.

»Sie wirkten nicht besonders überrascht, als meine Kollegin von den Straftaten berichtete«, stellte der Oberkommissar ruhig fest. »Wollen Sie gar nicht wissen, was Ihrer Ex-Freundin zugestoßen ist?«

»Oder wissen Sie es sowieso schon, weil Sie selbst der Täter sind?«, schob Mona auf ihre gewohnt undiplomatische Art hinterher. Ihr war bewusst, dass man manche Verdächtigen besser mit Samthandschuhen anfasste. Doch Kemme gehörte ihrer Meinung nach zu den Menschen, die man besser aus der Reserve lockte. Und mit dieser Einschätzung lag sie richtig.

»Ich habe nichts Verbotenes getan!«, raunzte er. »Und dass ich nicht verblüfft war, liegt an diesem Kerl, Achim Wollmann. Ich habe Elsa vorausgesagt, dass er ihr nur Schwierigkeiten machen wird. - Was ist denn nun mit ihr, geht es ihr gut?«

»Ihre Ex ist unverletzt, falls Sie das meinen«, sagte die Kommissarin. »Ihr wurden lediglich Portemonnaie und Handy aus der Handtasche entwendet – und zwar nicht von Achim Wollmann. Können Sie uns erklären, warum Sie etwas gegen ihn haben? Nur, weil er der Neue Ihrer ehemaligen Freundin ist?«

»Wollmann spielt den netten Kerl, aber er hat es faustdick hinter den Ohren«, behauptete Kemme. »Ich habe mich umgehört, nachdem Elsa mit ihm zusammengekommen ist. Und was ich erfahren habe, gefiel mir überhaupt nicht.«

»Geht es auch etwas genauer?«, forderte Mona.

»Wollmann verdient gut, weil er seine Aufträge größtenteils am Finanzamt vorbei abwickelt. Da kann er natürlich Preise nehmen, von denen seine ehrlichen Konkurrenten nur träumen können.«

»Ja, solche Handwerker gibt es«, stellte Enno fest. »Die meisten von ihnen werden überführt, weil anonyme Anzeigen bei den Behörden eingehen. Wenn Sie Kenntnis von seinen Machenschaften haben, hätten Sie ihn ebenfalls melden können.«

Kemme warf dem Oberkommissar einen Blick zu, den Mona im ersten Moment nicht deuten konnte. Dann ahnte sie, was sich ereignet haben musste: »Sie *haben* Wollmann bereits ans Messer geliefert! Aber die Steuerprüfung bei ihm förderte nur heiße Luft zutage, weil Sie auf dumme Gerüchte hereingefallen sind und er in Wirklichkeit eine ehrliche Haut ist.«

Natürlich hatte Mona für ihre Annahmen keinen Beweis. Kemmes Mienenspiel verriet ihr jedoch, dass sie richtig lag. Er machte eine abwehrende Handbewegung: »Na, und wenn schon! Dieser Typ tut Elsa nicht gut, auch wenn er kein Steuersünder ist!«

»Also verfolgen Sie Ihre Ex, um sie zu schützen?«

»Ich steige niemandem hinterher, Frau Sander! Es ist purer Zufall, dass ich mich momentan auch gerade auf Borkum befinde. Diese Insel ist eben sehr beliebt.«

»Wir haben gehört, dass Sie ein begeisterter Amateurfotograf sind«, sagte die Kommissarin, »dürfen wir uns Ihre Aufnahmen einmal anschauen?«

Dieses Ansinnen gefiel Kemme offenbar überhaupt nicht. Er zuckte zusammen, als ob er einen Stromschlag bekommen hätte: »Dazu haben Sie kein Recht!«

»Wir könnten uns einen richterlichen Beschluss besorgen … übrigens scheint es Sie gar nicht zu interessieren, was Achim Wollmann zugestoßen ist«, stellte Mona fest.

»Sie werden es mir garantiert gleich unter die Nase reiben.«

»Wollmann wurde verletzt, nachdem er vermutlich zuvor entführt wurde – das ist eine ernste Sache«, erklärte Enno. Er fuhr fort: »Wenn Sie damit nichts zu tun haben, müssen Sie die Justiz nicht fürchten. Es wäre wirklich gut, wenn Sie uns Ihre Kamera zeigen könnten.«

Der Oberkommissar sprach freundlich, aber nachdrücklich mit dem Verdächtigen. Kemme nickte zögernd: »Meinetwegen … wenn es sein muss ...«

Er erhob sich aus dem Sessel und ging zu seinem Zimmer, das er aufschloss. Er überreichte Enno den Apparat. Nach Monas Meinung handelte es sich um ein hochwertiges Gerät, das gewiss nicht billig gewesen war. Ihr Kollege hielt die Spiegelreflexkamera so, dass sie ebenfalls die Bilder auf dem kleinen Monitor betrachten konnte. Auf vielen davon war das Ferienhaus der Kegler zu sehen. Außerdem hatte Kemme die Gruppe aus sicherer Entfernung am Strand aufgenommen. Besonders Elsa Blank in Badekleidung war ein ständig wiederkehrendes Fotomotiv. Die Kommissarin drehte sich zu Kemme: »Wenn Sie solche Bilder von mir machen würden, dann könnten Sie Ihr blaues Wunder erleben! Diese Aufnahmen könnten den Tatbestand der Nachstellung erfüllen, ist Ihnen das bewusst?!«

»Ich habe niemandem etwas getan!«, beteuerte Kemme, der ganz blass um die Nase geworden war. »Und Wollmann kann ich zwar wirklich nicht ausstehen, aber deshalb verschleppe ich ihn doch nicht.«

»Wo waren Sie denn gestern zwischen 16 und 17.30 Uhr?«, wollte Enno wissen.

»Ich weiß nicht … ich bin kreuz und quer durch Borkum gestreift«, behauptete Kemme.

»Ausgerechnet um diese Uhrzeit wollen Sie also Ihre Ex-Freundin nicht belauert haben?«, spottete Mona. Er schüttelte den Kopf: »Nein, ich … Sie dürfen mich nicht für einen Perversen halten. Glauben Sie, ich hätte Elsa rund um die Uhr verfolgt?«

»Sie haben jedenfalls eine Menge Fotos von ihr gemacht«, stellte die Kommissarin nüchtern fest. Sie wollte noch mehr sagen, aber in diesem Moment wurde sie angefunkt.

»Ja, Grietje?«

»Hier hat sich soeben ein Mann gemeldet, der eine Leiche gefunden haben will. Es könnte sich um ein Mordopfer handeln«, berichtete die Polizistin.

Kapitel 7

»Gibt es weitere Details?«, fragte Mona, während sie ihr Notizbuch aus der Jacke fischte. Grietje antwortete: »Der Anrufer heißt Hartmut Proske. Er hat eine Wanderung gemacht und wollte sich in der Schutzhütte beim Deichmosaik ausruhen. Dort fand er eine Frau. Im ersten Moment dachte er wohl, dass sie schlafen würde. Aber dann hat er ihre Wunde bemerkt. - Am besten sprecht ihr selbst mit ihm, er wartet dort noch.«

»Wird gemacht. Gibst du auch Dr. Siemers Bescheid, damit er dorthin kommt und die Todesursache feststellt?«

»Das ist eine meiner leichtesten Übungen«, erwiderte die junge Kollegin und beendete den Funkkontakt.

»Wir haben einen Einsatz«, sagte Mona zu Kemme, nachdem sie ihr Gerät wieder weggesteckt hatte. »Mit Ihnen reden wir später weiter. - Ihre Kamera ist einstweilen beschlagnahmt.«

»Moment mal! Das können Sie nicht machen, ich ...«, protestierte der Verdächtige, aber Enno fiel ihm ins Wort: »Es ist möglich, dass eine oder mehrere Aufnahmen Hinweise auf ein Verbrechen beinhalten. Außerdem besteht die Möglichkeit, dass Elsa Blank Sie wegen Nachstellung anzeigt. In dem Fall dienen die Fotos als Beweis. Sie hören auf jeden Fall von uns, Herr Kemme.«

Der Oberkommissar legte eine seiner Visitenkarten auf den Tisch, bevor er und Mona eilig das Zimmer und wenig später die Pension verließen.

»Diesem Herrn haben wir gründlich den Urlaub verdorben«, meinte Enno, während die beiden zur Wache gingen, um ihren Dienstwagen zu holen.

»Deshalb lasse ich mir keine grauen Haare wachsen«, beteuerte Mona, »richtig unruhig macht mich die Tatsache, dass der Leichenfundort sich gar nicht weit entfernt vom Ferienhaus der Kegler befindet. Zu Fuß ist man in ein paar Minuten dort, wenn man die Reedestraße überquert hat.«

Dies war ihrem Kollegen natürlich auch bekannt, denn als gebürtiger Borkumer kannte er die Insel wie seine Westentasche. Allerdings ließ er sich nicht so leicht nervös machen: »Ja, das stimmt. Wir sollten daraus allerdings keine voreiligen Schlüsse ziehen, sondern erst einmal die Faktenlage abwarten.«

Das war Mona bewusst. Trotzdem saß sie während der Autofahrt wie auf glühenden Kohlen. Zum Glück herrschte auf der Reedestraße in Richtung Hafen nicht viel Verkehr. Die meisten PKWs und Laster kamen den Polizisten entgegen, weil vor kurzer Zeit eine Fähre angelegt hatte. Der Oberkommissar brachte den Wagen unweit vom Deichmosaik zum Stehen. Die beiden stiegen aus und gingen durch die abwechslungsreiche Landschaft des Naturschutzgebiets zu dem hölzernen Unterstand hinüber, in dem Spaziergänger Schutz vor Regengüssen und Windböen finden konnten. Außerdem gab es dort Informationstafeln über die örtliche Flora und Fauna zu sehen. Mona erblickte schon von weitem einen älteren Mann mit Karohemd und kurzen Hosen, der ihnen aufgeregt zuwinkte.

»Sind Sie von der Polizei?«, rief er.

Die Kommissarin bejahte, während sie ihren Dienstausweis hochhielt. Außerdem nannte sie ihren und den Namen ihres Kollegen. Der Zeuge stellte sich als Hartmut Proske vor. Er trat zur Seite und deutete auf das Innere des halb offenen Pavillons: »So habe ich sie gefunden. Ich habe nichts angefasst. In den Fernsehkrimis wird ja immer gesagt, dass man das nicht tun soll.«

»Sie haben genau richtig gehandelt«, lobte Enno. Man musste kein Mediziner sein, um zu erkennen, dass für die Frau jede Hilfe zu spät kam. Ihre Augen und ihr Mund waren halb geöffnet, aus einer Kopfwunde war reichlich Blut ausgetreten. Sie lag vor der hölzernen Sitzbank auf dem Boden. Mona presste die Lippen aufeinander. Bei der Leiche handelte es sich um Marie Kruse! Die Szene beim Frühstück in dem Ferienhaus, als die Kommissarin diese Frau wegen einer taktlosen Bemerkung angeschnauzt hatte, konnte keine zwei Stunden her sein. Kam das hin? Diese Überlegungen schwirrten der Ermittlerin durch den Kopf, während sie sich Latexhandschuhe überzog und die Taschen der Toten zu durchsuchen begann. Sie fand eine Geldbörse, ein Smartphone – und einen roten Plastikwürfel! Sie rief den Namen ihres Kollegen und hob den Gegenstand hoch.

»Das glaube ich jetzt nicht«, brummte Enno. Für einen ruhigen Inselfriesen wie ihn war diese Bemerkung schon ein überschwänglicher Gefühlsausbruch. Momentan war keine Zeit für eine tiefer gehende Analyse des Fundes. Mona entdeckte nur noch ein Schlüsselpaar – vermutlich zur Haustür und zu Maries Zimmertür. Weitere Dinge hatte die Frau nicht bei sich. Das Blut war noch nicht vollständig getrocknet, die Tat hatte sich also erst vor kurzer Zeit ereignet. Die Kommissarin wandte sich dem Melder zu: »Herr Proske, Ihre Anwesenheit ist hier nicht mehr notwendig. Wir danken Ihnen. Bitte gehen Sie im Lauf des Tages zur Polizeiwache, damit Ihre Aussage schriftlich aufgenommen werden kann.«

Sie gab ihm eine ihrer Visitenkarten, auf der auch die Adresse der Dienststelle stand. Proske verschwand mit unverhohlener Erleichterung. Mona war froh, dass er den Leichenfund überhaupt gemeldet hatte. Es gab vielleicht wirklich Menschen, die eine solche Entdeckung lieber verschwiegen hätten, um nicht während ihres Urlaubs in eine Ermittlung hineingezogen zu werden.

Während Proske sich mit schnellen Schritten entfernte, kam Enno näher. Er schaute auf seine Armbanduhr: »Es war kurz vor neun, als wir Marie Kruse zuletzt lebend gesehen haben. Jetzt ist es gleich halb elf. Also ist das Zeitfenster für den Mord recht klein.«

»Kemme scheidet als Tatverdächtiger schon mal aus«, meinte Mona, »als wir bei ihm waren, schien er gerade aufgestanden zu sein. Außerdem wäre es der Pensionswirtin gewiss nicht entgangen, wenn er das *Oude Hus* verlassen hätte und dann noch vor dem Frühstück zurückgekehrt wäre. Ganz abgesehen davon, dass ich bei ihm kein Motiv für den Mord an Marie Kruse sehe. Er ist hinter Elsa Blank her wie der Teufel hinter der armen Seele – warum sollte er eine andere Frau ermorden?«

Der Ostfriese zuckte mit den Schultern: »Marie könnte ihn beispielsweise beim Spionieren erwischt haben, aber dafür gibt es keinen Beweis. - Kriegst du das Mobiltelefon irgendwie in Gang?«

Die Kommissarin hantierte nämlich mit dem Smartphone der Toten. Es hatte noch genügend Akkuleistung, war aber durch einen Fingerabdruck der Besitzerin gesperrt. Mona drückte den Zeigefinger der Leiche gegen das Sicherungsfeld – und erhielt Zugang. Aus Richtung Reedestraße kam nun Dr. Siemers herbeigeeilt, seine Arzttasche in der Hand. Mona freute sich in doppelter Hinsicht über sein Erscheinen. Erstens musste der Mediziner offiziell die Todesursache feststellen – und zweitens benötigte sie ihn als Zeugen.

»Moin, momentan geben die Kriminellen auf unserer Insel wohl keine Ruhe«, sagte Dr. Siemers keuchend, während er einen Blick auf die Tote warf. Er rang nach Luft, weil er so schnell gelaufen war.

»Ja, leider«, stimmte die Ermittlerin zu. Sie fragte: »Wie lange war die Frau, die wir mitgebracht haben, eigentlich bei Ihrem Patienten Achim Wollmann?«

»Sie meinen die Dame, die sich mir als Elsa Blank vorgestellt hat? Sie blieb ungefähr fünf Minuten im Krankenzimmer. Sie wäre gern noch länger geblieben, aber ich machte ihr deutlich, wie wichtig Ruhe für die Genesung ist.«

Während der Arzt mit der Kommissarin sprach, kniete er sich bereits neben den Leichnam und begann mit der Untersuchung.

»Noch eine Frage, dann lasse ich Sie ungestört arbeiten. - Welchen Eindruck hatten Sie von Frau Blank, als sie das Krankenhaus verließ?«

»Sie war wütend, weil jemand ihren Freund niedergeschlagen und wohl auch entführt hatte. Das ist doch nachvollziehbar, Frau Sander.«

Mona nickte. Sie und ihr Kollege gingen ein paar Schritte zur Seite, um Dr. Siemers nicht länger zu stören und sich miteinander zu beraten. Enno hatte natürlich mitbekommen, wonach sich die Kriminalistin erkundigt hatte.

»Du hältst es für möglich, dass Elsa Blank Marie Kruse totgeschlagen hat?«, fragte er leise. Sie erwiderte: »Ich denke nicht, dass sie an sich ein gewalttätiger Mensch ist. Aber Wollmann bedeutet ihr sehr viel, darüber sind wir uns wohl einig. Und wenn du an Marie Kruses gehässigen Kommentar denkst … vielleicht hat diese Frau sich ja wirklich regelmäßig als Giftspritze betätigt, bis Elsa Blank endgültig der Kragen geplatzt ist.«

Der Oberkommissar sagte: »Grundsätzlich wäre dies ein überzeugendes Motiv. - Aber wie passt unter diesen Umständen der rote Plastikwürfel ins Bild? Er stammt offenbar aus derselben Charge wie die beiden anderen Exemplare, die wir bereits beschlagnahmt haben. Ein Massenprodukt aus Fernost, schätze ich – und er wird jedes Mal platziert, wenn ein Mitglied des Kegelclubs einem Verbrechen zum Opfer fällt.«

Mona betonte: »Und hinzukommt noch die Eskalation bei den Delikten: Es beginnt mit einem simplen Diebstahl, geht mit Körperverletzung in Tateinheit mit Entführung weiter und findet mit Mord oder Totschlag den bisherigen Höhepunkt. - Die Kegler müssen endlich Farbe bekennen. Ich bin sicher, dass sie genau wissen, wer es auf sie abgesehen hat!«

»Ich bin völlig deiner Meinung. - Trotzdem sollten wir überprüfen, wo sich Elsa Blank während der vergangenen Stunden aufgehalten hat«, hob Enno hervor.

Mona hielt das Smartphone so, dass Enno ebenfalls das Display betrachten konnte, und sagte: »Vielleicht habe ich die Lösung des Rätsels ja schon in den Händen.« Sie musste nicht lange scrollen, bis sie eine verdächtige Textnachricht fand, die um 9.13 Uhr gesendet worden war: »Elsa ist ein Luder. Beweise? Hab ich. Komm zur Schutzhütte. - Eine Freundin.«

Hinzugefügt war ein kleiner Ausschnitt einer Borkum-Karte, wo nicht nur das Ferienhaus, sondern auch der Pavillon im Naturschutzgebiet eingezeichnet und hervorgehoben waren. Natürlich benötigte Marie Kruse diese Information, um dorthin gelangen zu können. Die Täterin oder der Täter war nicht davon ausgegangen, dass sie sich auf der Insel bestens auskannte.

Der Mord war also eiskalt geplant, dachte Mona grimmig. Sie sagte: »Diese Nachricht wurde von Marie um 9.14 Uhr gelesen. Wenn sie unmittelbar danach aufgebrochen ist, war sie spätestens um halb zehn an der Hütte. Also hat die Tatperson jetzt mindestens eine Stunde Vorsprung, wenn der Mord direkt nach Maries Eintreffen geschah.«

»Können wir das Gerät des Absenders orten?«

»Da sehe ich schwarz, Enno. Wir sollten es versuchen, aber der Vorwahl nach zu urteilen ist es ein niederländisches Einweghandy. Es würde mich wundern, wenn es noch in Betrieb wäre.«

Die Kommissare wurden bei ihren Überlegungen unterbrochen, denn nun kam Dr. Siemers zu ihnen herüber: »Todesursache ist eindeutig ein Schlag auf den Kopf, ausgeführt mit einem stumpfen Gegenstand, vielleicht einem Rohr oder einer Metallstange. Die Frau wurde vor ungefähr einer Stunde umgebracht.«

Der Mediziner stellte den Totenschein aus, und die Ermittler bedankten sich bei ihm. Nachdem der Arzt sich verabschiedet hatte, kontaktierte Enno einen Bestatter. Dieser sollte die Leiche aufs Festland überführen, damit sie im gerichtsmedizinischen Institut Oldenburg obduziert werden konnte. Mona forderte die

Spurensicherung an. Außerdem sollten uniformierte Kollegen den Fundort der Toten sichern, bis der Bestatter eingetroffen war. Die Kommissare wollten nicht so lange vor Ort bleiben, denn sie hatten nun alle Hände voll zu tun. Den Inhalt von Marie Kruses Taschen hatte Mona an sich genommen. Nicht nur das Handy, auch die übrigen Gegenstände waren nun Beweisstücke. Ihr Blick ruhte auf dem Smartphone-Display.

»Was geht dir durch den Kopf?«, fragte Enno.

»Marie ist in eine Falle gelockt worden – und zwar von jemandem, der die Kegler gut genug kennt, um über die Rivalität zwischen Elsa und dem Mordopfer Bescheid zu wissen. Der Täter wusste genau, dass Marie sofort die Chance ergreifen würde, ihr zu schaden.«

»Also sollten wir in den Reihen der Kegler nach einer verdächtigen Person suchen«, schlug der Ostfriese vor, »ist Ralf Wessel jetzt eigentlich aus dem Schneider?«

»Als Mordverdächtigen würde ich ihn ausschließen«, erwiderte Mona. »Bei ihm kann ich mir einfach nicht vorstellen, woher er die Informationen über Elsa Blank und ihre Liebe zu Achim Wollmann haben soll. Trotzdem hat der Kerl etwas auf dem Kerbholz, dafür gebe ich dir Brief und Siegel … das Tötungsdelikt hat jetzt jedenfalls absolute Priorität.«

»Das sehe ich auch so«, gab der Oberkommissar zurück. Nachdem die Kollegen eingetroffen waren, machten sich die Ermittler auf den Weg zum Ferienhaus des Kegelclubs. Dort war Vogt gerade dabei, eine Kühltasche in den Kleinbus zu schaffen.

»Wollen Sie uns verlassen?«, fragte die Kommissarin. Der Vereinsvorsitzende wirkte arglos: »Nein, keineswegs. Wir machen nur einen Ausflug ins Ostland. Oder wollen Sie uns hier unter Hausarrest stellen?«

Er lachte über seinen albernen Witz. Bevor Mona ihm eine gepfefferte Antwort geben konnte, öffnete Enno den Mund: »Vermissen Sie denn niemanden, Herr Vogt?«

»Nun, Achim befindet sich ja im Krankenhaus. Ich nehme an, dass Elsa bei ihm ist. Und Marie hat vorhin eine Nachricht bekommen. Sie sagte, dass Sie etwas Dringendes erledigen müsse. - Die heutige Tour war schon geplant. Wenn einige von uns aus verschiedenen Gründen nicht teilnehmen können, dann heißt es nicht, dass wir alle darauf verzichten müssen, oder?«

»Marie Kruse wurde vor kurzem ermordet, und zwar nicht allzu weit von hier entfernt«, erklärte die Kriminalistin mit erzwungener Ruhe. Sie fuhr fort: »Deshalb fragen wir Sie, wo Sie und die übrigen Vereinsmitglieder während der letzten anderthalb Stunden gewesen sind.«

Vogt fiel scheinbar aus allen Wolken: »Marie ist tot? Das ist ja entsetzlich! Wollen Sie andeuten, dass jemand von uns etwas damit zu tun haben könnte?«

»Das haben wir nicht behauptet«, stellte der Ostfriese klar. »Wer ein wasserdichtes Alibi hat, kann als Tatverdächtiger schnell ausgeschlossen werden. Umso einfacher ist es für uns, den Verbrecher zu ermitteln.«

»Da bin ich ja erleichtert, denn ich war die ganze Zeit über mit meinen Kegelbrüdern und -schwestern zusammen«, behauptete Vogt. »Wir haben ausgiebig gefrühstückt, und uns dabei gut unterhalten.«

»Hier ist doch etwas ganz gewaltig faul!«, stieß Mona hervor. »Wie erklären Sie sich die Häufung von Straftaten, bei denen Mitglieder Ihres Clubs zu Opfern werden?«

»Diese Frage sollten Sie sich besser selbst stellen, Frau Sander! Ich hätte es niemals für möglich gehalten, dass man auf Borkum seines Lebens nicht sicher ist.«

Dreh nur den Spieß schön um, dachte die Kommissarin empört. Für sie stand fest, dass der Vereinsvorsitzende etwas zu verbergen hatte. Ob er hinter den Verbrechen steckte, vielleicht als Drahtzieher oder graue Eminenz im Hintergrund? Hatte Marie Kruse etwas getan, wodurch sie ihr Leben verwirkte? Aber welchen Sinn konnten die zuvor verübten Delikte haben? Mona hielt vorerst ihren Mund. Vogt sollte möglichst nicht merken, dass sie ihm misstraute. Die Ermittler gingen mit ihm ins Haus, wo die anderen Kegler bestürzt auf die Todesnachricht reagierten. Sie bestürmten die Polizisten mit Fragen, aber die beiden hielten sich bedeckt.

»Unsere Ermittlungen stehen noch ganz am Anfang«, betonte Enno. »Hat jemand von Ihnen Elsa Blank noch einmal gesehen, nachdem sie vorhin mit uns zum Krankenhaus gefahren ist?«

Die Anwesenden verneinten. Sie alle bestätigten, dass sie während der vergangenen Stunden zusammen gewesen waren. Auf den ersten Blick schienen ihre Aussagen plausibel zu sein. Mona nahm sich vor, die Kegler später getrennt voneinander eingehender zu befragen. Außerdem wussten sie und ihr Kollege noch nichts über die persönlichen und beruflichen Hintergründe der einzelnen Mitglieder. Es musste einen triftigen Grund für diese bizarre Verbrechensserie geben. Momentan kam es den Kommissaren vor allem darauf an, Elsa Blank zu finden.

»Wenn Sie ein wenig Pietät besitzen, dann verzichten Sie heute auf Ihre lustige Ostlandtour«, sagte Mona zu Vogt. »Und falls demnächst Elsa Blank wieder hier erscheint, dann soll sie umgehend Kontakt mit der Polizei aufnehmen.«

»Selbstverständlich ist der Ausflug gestrichen, halten Sie uns für völlig gefühllos?«, schnarrte der Vereinschef. »Unter den jetzigen Umständen wäre es wohl das Beste, wenn wir die Insel so schnell wie möglich verlassen.«

»Dafür haben wir Verständnis, aber zunächst müssen Sie sich noch zu unserer Verfügung halten«, erklärte Enno. Vogt war anzusehen, dass ihm diese Aussicht überhaupt nicht behagte. Aber er schien einzusehen, dass Protest sinnlos war.

»Hältst du Elsa für die Mörderin?«, fragte Mona direkt, als die beiden wieder im Auto saßen.

»Ich kann es mir eigentlich nicht vorstellen. Wenn wir sie gefunden haben, sehen wir klarer. - Mir fällt aber jemand ein, der sie garantiert für die Täterin halten wird.«

»Ja, für Oltbeck dürfte diese Frau die ‚Idealbesetzung' sein«, gab die Kommissarin seufzend zurück. »Sie ist momentan die einzige Verdächtige mit einem erkennbaren Motiv.«

Nach der Rückkehr zur Wache versuchte Mona zunächst, das Einweghandy zu orten. Erwartungsgemäß scheiterte sie damit. Vermutlich hatte der Täter das Gerät nach erfolgreicher Benutzung schon entsorgt.

»Schöner Mist!«, fluchte sie. Enno zwinkerte ihr zu und sagte: »Es ist gut, wenn du deine schlechte Laune jetzt schon herauslässt. Dann wirst du dich nicht so leicht aufs Glatteis führen lassen, wenn wir gleich zum Chef gehen.«

»Ja, dort werde ich ein lieber kleiner Engel sein«, versprach sie mit einem säuerlichen Grinsen.

»Dafür fehlt mir die Fantasie«, meinte der Oberkommissar schmunzelnd. Wenig später erstatteten die Kriminalisten dem

Dienststellenleiter Bericht. Oltbeck runzelte die Stirn. Gewaltverbrechen waren für ihn ein rotes Tuch, was für Tötungsdelikte natürlich ganz besonders galt. Bei solchen Delikten legte er besonderen Wert auf möglichst rasche Aufklärung.

»Wenn ich Sie richtig verstanden habe, könnte Eifersucht oder Missgunst das Motiv der Täterin sein?«, vergewisserte sich der kahlköpfige Hauptkommissar. »Diese Elsa Blank wurde zunächst selbst bestohlen, richtig? Oder war dies nur ein Täuschungsmanöver, damit wir ihr Handy nicht orten können?«

»Sie glauben, die Frau hätte ihr eigenes Mobiltelefon und ihr Portemonnaie verschwinden lassen, um später ungestört Marie Kruse erschlagen zu können?«, fragte Mona entgeistert. Normalerweise traute sie ihrem Vorgesetzten nicht besonders viel Fantasie zu. Aber wenn er seiner Vorstellungskraft freien Lauf ließ, kamen dabei oft absonderliche Überlegungen heraus. Oltbeck schien immer mehr Gefallen an seiner These zu finden: »Warum denn nicht, Frau Sander? Sie wissen so gut wie ich, dass bei vielen Gewalttaten starke Gefühle im Spiel sind. Aus Liebe kann schnell Hass werden. Vielleicht hatte dieser Wollmann nicht vor, sich zwischen den beiden Frauen zu entscheiden.«

»Also könnte Elsa Blank auch hinter der Entführung stecken?«

Diesen Satz sprach Enno aus. Der Ostfriese war wesentlich zurückhaltender als seine Kollegin. Aber auch seiner Stimme war anzuhören, dass ihm dieser Tathergang äußerst unwahrscheinlich erschien. Doch der Chef kam jetzt erst so richtig in Fahrt: »Beißen Sie sich nicht an diesem angeblichen Kidnapping fest! Woher wollen Sie wissen, ob Wollmann nicht simuliert? Ich kann mir auch mit einem Hammer auf den Kopf schlagen, um eine relativ harmlose Platzwunde hervorzurufen. Und ich will nichts gegen Dr. Siemers sagen – aber ein Spezialist für Gedächtnisverlust ist er ganz gewiss nicht. Vielleicht stecken ja Wollmann und Elsa Blank unter einer Decke, um die lästige Nebenbuhlerin Marie Kruse für immer loszuwerden.«

»Und was ist mit den Würfeln?«

Kaum hatte die Kommissarin diese Frage gestellt, als sie dies schon bereute. Oltbeck warf ihr einen so empörten Blick zu, als ob sie in seiner Gegenwart ihren Diensteid gebrochen hätte.

»Die Würfel interessieren mich überhaupt nicht, Frau Sander! Suchen Sie lieber Elsa Blank, anstatt sich mit Nebensächlichkeiten zu verzetteln. - Ich schreibe diese Verdächtige zur Fahndung aus und lasse den Fährhafen sowie den Flugplatz überwachen.«

Mona wagte noch einen Einwand: »Marie Kruse hat die Nachricht, mit der sie in die Falle gelockt wurde, um 9.14 Uhr gelesen. Um kurz vor halb elf haben Herr Moll und ich die Leiche gesehen. Gegen 8.55 Uhr nahmen wir Elsa Blank im Auto mit zum Krankenhaus. Sie müsste dort also ihrem verletzten Freund nur einen sehr kurzen Besuch abgestattet haben – und dann? Zu Fuß benötigt man vom Hospital zum Ferienhaus fast eine Dreiviertelstunde. Ich kann mir nicht vorstellen, dass Elsa ein Taxi genommen hat, um Marie zu töten. Der Fahrer wäre ein lästiger Zeuge.«

Oltbecks Stimme klang triumphierend: »Ein Taxi muss es nicht gewesen sein – aber wie wäre es mit einem Fahrrad, das die Dame entweder geliehen oder gestohlen hat? Auf zwei Rädern und mit eigener Muskelkraft benötigt man für die Strecke höchstens zehn Minuten. Das müssen Sie doch am besten wissen, Frau Sander!«

Sie war von ihrem Vorgesetzten am meisten genervt, wenn er im Grunde recht hatte. Und sie ärgerte sich, weil ihr die Möglichkeit mit dem Rad nicht selbst eingefallen war. Hatte die Kommissarin sich so sehr auf Elsa Blanks Unschuld versteift, dass sie die Augen vor der Wirklichkeit verschloss? Enno half ihr aus der Bredouille: »Wir beginnen umgehend mit der Fahndung nach der Verdächtigen, Herr Oltbeck.«

Bevor die Kommissare die Polizeistation wieder verließen, schauten sie bei Grietje im Wachlokal vorbei. Die junge Kollegin mit den Wuschelhaaren blickte von ihrem Schreibtisch auf: »Was verschafft mir das Vergnügen? Habt ihr Langeweile oder ...«

»Scherz beiseite, Grietje – sind heute Strafanzeigen für Fahrraddiebstähle hereingekommen?«, wollte Mona wissen. Die Polizistin griff sich einen Papierstapel: »Ja, bisher aber nur eine. Der Tag ist allerdings noch jung.«

»Und wo wurde das Rad entwendet?«

»Am Wiesenweg«, lautete die Antwort. Die Kommissarin kratzte sich nachdenklich im Nacken. Sollte der Chef mit seinen Annahmen doch richtig liegen? Der Wiesenweg war nur einen Steinwurf weit vom Krankenhaus entfernt.

Kapitel 8

»Das muss nichts zu bedeuten haben.«

Mit diesen Worten versuchte Enno Mona zu beruhigen. Gelegentlich kam es vor, dass sich jemand auf Borkum ein fremdes Fahrrad schnappte – meist, weil die Person zu faul war, um eine längere Strecke auf Schusters Rappen zurückzulegen. Das Diebesgut wurde dann nach Gebrauch achtlos am Straßenrand liegen oder stehen gelassen. Dass hochwertige Zweiräder entwendet wurden, geschah eher selten. Hauptsächlich deshalb, weil es nicht ganz einfach ist, ein solches Objekt unbemerkt von der Insel herunterzuschaffen. Die Kommissarin erwiderte nichts auf die Bemerkung ihres Kollegen. Immerhin schaffte er es, sie aus dem Wachlokal zu bugsieren, bevor Grietje ihr mit einer weiteren launigen Bemerkung auf die Nerven gehen konnte. Als die beiden draußen auf der Strandstraße standen, atmete Mona erst einmal tief durch.

»Mir kommt es so vor, als ob ich selbst einen Hammerschlag auf den Kopf bekommen hätte«, klagte sie. »Ist die Frau, von der wir gesprochen haben, in Wirklichkeit ein durchtriebenes Biest?«

Die Ermittlerin nannte keine Namen, weil zu viele unbeteiligte Passanten in Hörweite waren. Die Strandstraße war auf diesem Abschnitt unweit des Inselbahnhofs Fußgängerzone. Feriengäste und Einheimische schlenderten vorbei, entspannten sich auf den Ruhebänken am nahegelegenen Georg-Schütte-Platz oder hielten in den Geschäften nach Textilien oder Andenken Ausschau. Enno sah auf seine Uhr: »Inzwischen sind ein paar Stunden vergangen, seit wir im Krankenhaus gewesen sind. Lass uns dort mit unserer Suche beginnen.«

Mona nickte. Zu Fuß waren es nur ungefähr sechs Minuten von der Wache bis zu der kleinen Inselklinik. Auf dem Weg dorthin sprachen die Ermittler so leise über den Fall, dass niemand zufällig etwas aufschnappen konnte. Das Letzte, was Borkum jetzt brauchte, war eine öffentliche Hysterie, weil ein Mörder sich auf freiem Fuß befand. Um sich greifende Panik würde die Arbeit für die Polizei nicht leichter, sondern viel schwerer machen.

»Ich kann mir nicht vorstellen, dass Wollmanns Entführung nur vorgetäuscht war, Enno. Aus welchem Grund hätten er und Elsa dies einfädeln sollen? Um den späteren Mord an Marie einer anderen Person in die Schuhe schieben zu können?«

»Wenn man den Gedanken weiterführt, ist dies gar nicht so abwegig«, meinte der erfahrene Kriminalist. Er fuhr fort: »So betrachtet ergeben auch die roten Würfel plötzlich einen Sinn. - Elsa legt einen davon in ihre Handtasche und behauptet, ihn noch nie gesehen zu haben. Wir wittern ein Rätsel. Unser Verdacht wird noch weiter verstärkt, als das nächste Exemplar im Zimmer des verschwundenen Achim Wollmann entdeckt wird. Der dritte Würfel landet dann bei der Leiche. Wenn das Duo den Verdacht auf eine andere Person lenken will, müssen diesem Menschen nur noch ein paar weitere rote Würfel untergeschoben werden.«

»Nach dieser Theorie wäre also Wollmanns Gedächtnisverlust nur vorgetäuscht?«, hakte Mona nach. Der Oberkommissar nickte. Sie warf ihm einen Seitenblick zu und sagte: »Ich wette, dass du so ein Täuschungsmanöver durchschauen würdest.«

»Dir selbst traust du das nicht zu?«, fragte er.

»Ich bin verunsichert, weil ich Elsa Blank für so völlig unverdächtig hielt«, gab sie zu.

»Lass dich nicht beirren«, riet Enno. »Auch wenn der Chef sich auf Elsa Blank eingeschossen hat – für meinen Geschmack sind zu viele Unbekannte in der Gleichung. Wann soll sie das niederländische Einweghandy besorgt haben? Okay, das kann im Vorfeld geschehen sein. Aber sie konnte unmöglich wissen, dass sie in der Nähe des Krankenhauses ein Fahrrad vorfinden würde, dessen Schloss sich auch noch leicht knacken lässt. Und dabei hätte sie auch noch erwischt werden können, wodurch der ganze Plan gescheitert wäre.«»Lass uns jetzt erst einmal hören, was Wollmann zu sagen hat«, schlug Enno vor und klopfte ihr aufmunternd auf die Schulter. Es dauerte nicht lange, bis die beiden im Krankenhaus mit Dr. Siemers sprechen konnten.

»Der Patient ist auf dem Weg der Besserung«, erklärte der Mediziner und fügte hinzu: »Nach meinem Eindruck scheint seine Erinnerung nach und nach zurückzukehren, obwohl sein Gedächtnis noch nicht wieder komplett wiederhergestellt ist.

Ich gehe davon aus, dass Sie mit dem Patienten sprechen wollen? Er braucht nach wie vor Ruhe. Daher möchte ich Sie bitten, sich auf das Nötigste zu beschränken. «

Eine Krankenschwester führte die Ermittler zu dem Zimmer, in dem Wollmann in einem Bett lag. Er hatte den Raum für sich allein. Sein Kopf war mit einem Wundverband versehen. Seine Augen waren halb geschlossen. Als er die Ermittler bemerkte, nahm sein Gesicht einen neugierigen Ausdruck an: »Sie sind doch von der Polizei, nicht wahr? Ich habe Sie gesehen … Sie sind erschienen, nachdem Elsa bestohlen wurde … ich weiß es plötzlich wieder!«

Wollmann schien darüber erleichtert zu sein, dass dieser Erinnerungsfetzen wieder in seinem Bewusstsein präsent war. Oder handelte es sich bei ihm um einen begnadeten Schauspieler, der die Kommissare zum Narren halten wollte? Mona war sich noch nicht sicher, ob sie ihn für unschuldig halten sollte. Die beiden nahmen auf den Besucherstühlen links und rechts von seinem Bett Platz. Enno sagte: »Wir wollen Sie nicht lange stören, Herr Wollmann. Aber in der Zwischenzeit hat sich etwas ereignet, worüber wir unbedingt mit Ihnen sprechen müssen.«

Die Kommissarin ergänzte: »Es geht um Marie Kruse. Leider lebt sie nicht mehr. Wir gehen von einem Gewaltverbrechen aus.«

Wollmann wirkte schockiert. Er wurde noch bleicher, als er es ohnehin schon war. Seine Hände krallten sich in die Bettdecke, er rang nach Luft. Marie Kruses Tod schien wirklich eine Neuigkeit für ihn zu sein, wie Mona fand. Andererseits – falls er in einen Mordkomplott verwickelt war, hatte er genügend Zeit gehabt, um sich auf den Polizeibesuch vorzubereiten. Die beiden gaben ihm einen Moment, um sich zu sammeln. Dann stammelte er: »Das ist ja furchtbar! Wie konnte es dazu kommen?«

»Wir hatten gehofft, dass Sie uns bei der Beantwortung dieser Frage helfen könnten«, erwiderte die Ermittlerin.

»Sie glauben, dass mein Entführer auch Maries Mörder ist?«

Die Kommissare gingen nicht auf den Satz ein. Stattdessen hakte Mona nach: »Also wissen Sie inzwischen wieder, dass Sie verschleppt wurden?«

»Nein, Frau Sander. Elsa hat es mir erzählt, als sie kurz bei mir war.«

Enno sagte: »Der Arzt hat uns mitgeteilt, dass Ihre Erinnerung teilweise zurückgekehrt ist.«

»Ja, das stimmt auch. Da war eine Gestalt, die mich mit einem Messer bedrohte. Und später spürte ich einen Schmerz im Kopf.«

»Wie sah diese Person aus?«, wollte die Ermittlerin wissen. »War es ein Mann oder eine Frau? Groß oder klein? Alt oder jung? Haben Sie mit dem Kidnapper gesprochen? Hat er etwas zu Ihnen gesagt?«

»Ich wünschte, dass ich Ihnen mehr mitteilen könnte«, beteuerte Wollmann. »Und ich verstehe nicht, warum jemand mich entführen und Marie umbringen sollte. Dass Elsas Portemonnaie und Smartphone gestohlen wurde, ist natürlich auch nicht schön. Aber für das Telefon wird die Versicherung zahlen, und ihre Kreditkarten hat Elsa bestimmt sofort sperren lassen. Sie ist sehr gewissenhaft.«

»Sie und Frau Blank stehen einander nahe, nicht wahr?«, vergewisserte Enno sich. Wollmann antwortete nicht sofort. Das Thema schien ihm unangenehm zu sein. Aber die väterliche Art des Oberkommissars brachte ihn dazu, nach kurzem Zögern den Mund aufzumachen: »Ja, wir sind seit einiger Zeit ein Liebespaar. Gegenüber unserem Kegelclub haben wir uns aber bedeckt gehalten, weil wir nicht den Klatsch und Tratsch auf uns ziehen wollten.«

»Das verstehen wir«, versicherte Mona. »Und wie würden Sie Ihr Verhältnis zu Marie Kruse beschreiben?«

Wollmann wirkte plötzlich verlegen. Ob er sich gerade eine Ausrede überlegte? Die Kommissarin redete ihm ins Gewissen: »Bleiben Sie bitte bei der Wahrheit. Wir finden sowieso heraus, was sich tatsächlich ereignet hat. Und wenn Sie die Polizei belügen, macht das einen ganz schlechten Eindruck – insbesondere bei einer Mordermittlung.«

Wollmann atmete tief durch und erwiderte: »Sie haben recht, Frau Sander. Es ist mir bloß unangenehm, weil Sie mich vielleicht für einen Aufreißer halten … also, bevor ich mit Elsa zusammengekommen bin, hatte ich kurzzeitig etwas mit Marie.«

Die Ermittlerin wollte es genau wissen: »*Wie* kurzzeitig?«

»Nach einer feuchtfröhlichen Vereinsfeier sind Marie und ich im Bett gelandet«, gab er zu. »Am nächsten Morgen wachte ich mit einem fürchterlichen Alkoholkater auf und erkannte, dass ich einen Fehler gemacht hatte. Marie ist – war – nett, aber wir sind grundverschieden. Wir waren dann zwar ein paar Wochen zusammen, ich konnte mir aber nicht vorstellen, sie als feste Freundin zu haben. Sie schien der gleichen Meinung zu sein und das Ganze schlief ein. Gegenüber den anderen Keglern haben wir niemals durchblicken lassen, was zwischen uns geschehen war.

Allerdings habe ich es Elsa unter dem Siegel der Verschwiegenheit mitgeteilt, weil es zwischen uns keine Geheimnisse geben sollte. Meine Freundin hatte damit kein Problem – der Ausrutscher mit Marie ist mir ja passiert, bevor Elsa und ich uns ineinander verliebten.«

Mona führte sich die Situation vor Augen: Marie war eine Frau, die offenbar immer noch Gefühle für Wollmann hatte – die dieser aber nicht erwiderte. Stattdessen musste sie mitbekommen haben, dass er und Elsa glücklich miteinander waren. Wie stark war Maries Eifersucht oder Missgunst gewesen? Hatten diese Emotionen ausgereicht, um sie zur Verbrecherin werden zu lassen? Und wenn das so war – hatte dann Elsa Marie getötet? Aber Marie war im Kreis der anderen Kegler gewesen, als Elsa die Entführung ihres Freundes gemeldet hatte. Gab es also einen Komplizen, der in Maries Auftrag das Kidnapping in die Tat umsetzte? Wer sollte das sein? Während Mona diese Überlegungen durch den Kopf gingen, führte Enno das Gespräch weiter: »Was fällt Ihnen zu roten Spielwürfeln ein?«

Er verdeutlichte seine Worte, indem er ein Foto des beschlagnahmten Würfels zeigte. Auch Enno hatte das Objekt fotografiert. Wollmann warf ihm einen verständnislosen Blick zu: »Ich erinnere mich, dass Elsa so einen Würfel in ihrer Tasche fand. Ich habe ihn noch nie zuvor gesehen.«

Die Tür wurde geöffnet, und Dr. Siemers schaute die Kommissare vorwurfsvoll an. Mona stand auf: »Wir wünschen Ihnen gute Besserung, Herr Wollmann. - Eine letzte Frage habe ich noch: Wohin wollte Elsa Blank, nachdem sie bei Ihnen war?«

»Das weiß ich nicht, Frau Sander. Ich nehme an, dass sie zum Ferienhaus zurückgekehrt ist.«

Kapitel 9

»Ich halte Wollmann für unschuldig«, sagte der Ostfriese, nachdem die beiden das Krankenhaus wieder verlassen hatten. Er fuhr fort: »Seine Beziehung mit Marie wirft natürlich noch ein ganz anderes Licht auf das Verhältnis der beiden Frauen zueinander. Sie waren einander offenbar spinnefeind.«

»Da sind wir wieder einmal derselben Meinung«, erwiderte Mona, »wodurch der Verdacht gegen Elsa noch zusätzliche Nahrung bekommt. Wenn Wollmann so eine ehrliche Haut ist, wie wir vermuten, dann wäre er mit dem Mord an Marie garantiert nicht einverstanden gewesen. Also wird sie ihm auch nicht aufs Butterbrot geschmiert haben, was sie plant. - Wobei ich diese Frau immer noch nicht als die Mörderin sehe!«

»Du heißt ja auch nicht Oltbeck«, stellte Enno nüchtern fest. Er sagte: »Sobald wir Elsa Blank gefunden haben, können wir ihr Alibi überprüfen. Vielleicht gibt es ja Zeugen, die zur Tatzeit bei ihr gewesen sind.«

»Hast du denn auch eine zündende Idee, wo wir nach ihr Ausschau halten können?«

»Leider nicht, Mona.«

Also gingen die Kommissare systematisch vor. Außer den beiden fahndeten auch die anderen Polizisten, die momentan auf Borkum im Einsatz waren, nach der Gesuchten. Mona und Enno fuhren Richtung Ostland und kämmten systematisch die Straßen durch, die mit einem PKW zu erreichen waren. Allerdings mussten sie davon ausgehen, dass Elsa Blank zu Fuß oder mit einem Fahrrad unterwegs war. Die Insel verfügte über ein Netz an Wegen, die durch die Naturschutzgebiete führten und für Kraftfahrzeuge nicht zugelassen waren. Zwei uniformierte Kollegen bildeten eine Fahrradstreife; Mona konnte nur hoffen, dass Elsa Blank ihnen auf einem dieser Pfade in die Arme laufen würde. Mehrere Stunden vergingen, ohne dass den Kommissaren eine Frau begegnete, die Elsa Blank auch nur ein wenig ähnlich sah. Geduld gehörte nicht zu Monas stärksten Charaktereigenschaften. Dennoch wusste sie natürlich, dass es ohne ein gewisses Durchhaltevermögen bei der Polizeiarbeit nicht ging.

»Mein Hintern ist schon eingeschlafen«, behauptete sie. »Lass uns noch ein wenig auf der Promenade Fußstreife gehen, dort könnte sich die Gesuchte schließlich auch aufhalten.«

Enno war einverstanden. Sie parkten den Dienstwagen an der Gorch-Fock-Straße und gingen auf einer der breiten Steintreppen zur Promenade hinunter. Diese grenzte an den Strand und war eine der beliebtesten Flaniermeilen der Insel. Es gab etliche Gastrobetriebe sowie öffentliche Ruhebänke. Typisch für Borkum waren die Milchbuden, in denen man für wenig Geld kleine Speisen und Getränke bekommen und die Aussicht auf Strand und Nordsee genießen konnte. Und in einer dieser Buden entdeckten die Ermittler Elsa Blank! Sie hatte die Beamten noch nicht bemerkt. Die Frau saß allein an einem Tisch, der sich am äußersten Ende der Holzplattform befand, die der Milchbude als Fundament diente. Elsa Blank schaute Richtung Meer. Enno wollte schon auf sie losstürmen, als Mona ihn zurückhielt. Sie hakte sich bei ihm unter und flüsterte: »Nicht so eilig! Vielleicht ist sie mit jemandem verabredet. Könnte doch sein, oder? Sie kann uns jetzt nicht mehr entkommen. Wir setzen uns in eine ruhige Ecke und behalten sie von dort aus im Auge. Mitnehmen können wir sie auch später noch.«

Der Ostfriese schaute sie verblüfft an, dann erkannte er ihren Hintergedanken: »Du weißt, dass ich schrecklichen Hunger habe, oder?«

Sie nickte.

»Wir könnten nicht in Ruhe Pause machen, während wir nach Elsa Blank suchen. Aber wenn wir sie observieren und dabei etwas essen, sieht die Sache schon anders aus.«

Sie zwinkerte ihrem Kollegen zu.

»Ja, gegen eine solche polizeiliche Maßnahme kann der Chef unmöglich etwas einzuwenden haben«, erwiderte der Oberkommissar strahlend. Und er sagte: »Habe ich eigentlich schon einmal erwähnt, dass du die Beste bist?«

»Das höre ich öfter«, gab Mona lächelnd zurück. Ihr Vorschlag war durchaus ernstgemeint gewesen – falls Elsa Blank verdächtig war, konnte sie durchaus einen Mittäter haben, mit dem sie verabredet war. Die Observierung bot also die Chance, zwei Fliegen mit einer Klappe zu schlagen – erstens die Frau zu beobachten und zweitens etwas Essbares in den Magen zu bekommen.

Elsa Blank kehrte den Kommissaren weiterhin den Rücken zu. Nichts deutete darauf hin, dass sie das Eintreffen der Ermittler bemerkt hatte. Die beiden standen nun am Ausgabefenster der Milchbude. Enno holte sich eine Bockwurst mit einer großen Portion Kartoffelsalat, Mona entschied sich für Milchreis mit Zimt und Zucker. Das war ein traditionelles Gericht aus der Anfangszeit dieser Imbissstuben, als es dort hauptsächlich nur Milchprodukte gegeben hatte. Dazu tranken die Kommissare alkoholfreies Bier, wie sie es meist in ihrer Mittagspause taten. Sie nahmen an einem Tisch neben der Eistruhe Platz. Falls die Verdächtige sich umdrehte, würde sie die Polizisten dort nicht sofort bemerken.

»Ich möchte wissen, wie lange sie dort schon bewegungslos sitzt«, meinte Enno kauend. »Diese Milchbude ist jedenfalls ein guter Ort, um sich zu verabreden. Hier kann man einander unmöglich verfehlen.«

Auch Mona aß mit Appetit, während sie die Frau im Auge behielt. Die Kommissarin sagte: »Wir kennen nicht die ganze Vorgeschichte dieses Dreiecksverhältnisses. Vielleicht hat Marie Kruse das Liebespaar so terrorisiert, dass der Mord ihnen als letztes Mittel erschien. Ich will dies natürlich nicht rechtfertigen, aber als ein überzeugendes Tatmotiv ...«

Sie unterbrach sich selbst, denn nun erschien ein dunkelblonder Mann auf der Bildfläche, dessen Alter die Ermittlerin auf Mitte vierzig schätzte. Er trug ein schwarzes Hemd mit kurzen Ärmeln und aufgedruckten gelben Zitronenscheiben, außerdem knielange Shorts und Sandalen. Seine Sonnenbrille hatte er auf die Stirn hochgeschoben. Seine tief gebräunte Haut zeugte davon, dass er sich viel im Freien aufhielt – entweder auf Borkum oder an einem anderen Ort mit vielen Sonnenstunden. Er hatte sich am Ausgabefenster einen bunten Cocktail besorgt und steuerte nun auf Elsa zu. Der Mann blieb neben ihr stehen und beugte sich zu ihr hinab. Die beiden sprachen offenbar miteinander. Da die Kommissare am entgegengesetzten Ende der langgestreckten Holzplattform saßen, konnten sie nicht hören, worum der Wortwechsel ging. Für Mona stand nur fest, dass Elsa Blank eine ablehnende Haltung einnahm. Ihre Körpersprache war eindeutig: Das Gespräch verlief nicht in ihrem Sinn. Nun hob die Verdächtige die flache rechte Hand. Es sah so aus, als ob sie den Dunkelblonden gleich ohrfeigen wollte.

»Greifen wir ein?«, fragte die Kommissarin. »Wir können nicht riskieren, dass der Kerl wieder verschwindet und sie dann so tut, als ob sie ihn nicht gekannt hätte.«

Der Oberkommissar nickte und wischte sich schnell die Lippen mit einer Papierserviette ab. Er hatte den Rest seiner Mahlzeit mit beachtlicher Geschwindigkeit verschlungen, sobald der Unbekannte auftauchte. Mona war noch nicht ganz fertig mit ihrem Milchreis, aber ihr Appetit war durch ihr Jagdfieber abgelöst worden. Sie hätte jetzt ohnehin keinen Bissen mehr herunterbekommen. Die Kommissare näherten sich dem streitenden Paar. Ein Entkommen war nicht möglich, Elsa Blank und der Mann hätten schon von der Holzplattform hinunter in den Sand springen müssen. Und einen so sportlichen Eindruck machten die beiden nicht.

»Moin, können wir behilflich sein?«, fragte Mona laut.

Elsa Blank wandte sich ihr zu: »Sie kommen gerade richtig, Frau Sander. Dieser Mann belästigt mich. - Die Herrschaften sind nämlich von der Polizei!«

Mit dem letzten Satz wandte sie sich an den Dunkelblonden, auf dessen Lippen das selbstzufriedene Lächeln zu gefrieren schien. Doch im nächsten Moment hatte er seine Schrecksekunde überwunden.

»Das muss ein Missverständnis sein«, behauptete er. »Ich habe diese Dame nur gefragt, ob ich mich zu ihr setzen darf. Alle anderen Tische sind belegt.«

Das stimmte, denn inzwischen hatte sich die Milchbude gefüllt. Allerdings wäre auch noch an anderen Tischen Platz gewesen – wobei Elsa Blank die einzige Frau war, die allein saß.

»Und warum haben Sie dann eine Bemerkung über meinen Busen gemacht?«, rief Elsa Blank empört. Der Dunkelblonde öffnete erneut den Mund, aber Mona kam ihm zuvor. Sie zeigte ihren Dienstausweis: »So, wir führen jetzt eine allgemeine Personenkontrolle durch. - Zu Ihnen kommen wir gleich.«

Mit dem letzten Satz wandte sie sich an die aufgebrachte Frau.

»Wie kommen Sie dazu, unbescholtene Bürger zu drangsalieren?«, meckerte der Mann.

»Wir diskutieren nicht mit Ihnen«, stellte Enno klar. »Wir werden Ihre Personalien feststellen. Entweder direkt hier vor Ort oder auf der Wache.«

Der Dunkelblonde grummelte etwas Unverständliches, schien sich aber nicht mit dem großen und stämmigen Ostfriesen anlegen zu wollen. Jedenfalls fischte er einen Personalausweis aus der Tasche. Mona nahm ihn an sich.

»Herr Rüdiger Wiese aus Bocholt«, las sie laut vor. »Ich bin gleich wieder da.«

Die Kommissarin trat beiseite, um per Funk eine POLAS-Abfrage vorzunehmen. Polizeilich war Wiese bisher nicht in Erscheinung getreten, aber sie erfuhr auf anderem Weg Aufschlussreiches über ihn. Aus der Entfernung konnte Mona sehen, dass der Dunkelblonde zunehmend nervöser wurde. Er hätte sich gewiss gern aus dem Staub gemacht, aber sie hatte seinen Personalausweis. Außerdem wäre es Wiese wohl kaum möglich gewesen, an dem Oberkommissar vorbeizukommen. Die Ermittlerin ließ den selbsternannten Aufreißer noch etwas schmoren, dann kehrte sie zu den drei Personen zurück. Sie gab Wiese seinen Ausweis zurück und sagte: »Hier, bitte. - Ich hatte einen kurzen Klönschnack mit der jungen Frau am Ausgabefenster. Angeblich kommen Sie seit einigen Wochen regelmäßig hierher, um Ihr Glück bei allein reisenden Frauen zu versuchen. Die Angestellte haben Sie auch schon angebaggert, aber sie hat Sie abblitzen lassen.«

»Ich bin hier auf Kur«, murmelte Wiese kleinlaut, als ob dies eine Rechtfertigung wäre. Enno warnte: »Sie sollten sich gegenüber Damen ab sofort nicht mehr im Ton vergreifen. Wir möchten nicht noch einmal wegen Ihnen hier erscheinen müssen. - Sie kannten einander also zuvor nicht?«

Diese Frage galt natürlich Elsa Blank und Rüdiger Wiese. Beide schüttelten übereinstimmend die Köpfe.

Wenigstens ein Punkt, bei dem sie sich einig sind, dachte Mona. Sie glaubte inzwischen nicht mehr, dass Wiese ein Komplize der Verdächtigen war. Der Streit zwischen den beiden war zu glaubwürdig gewesen, um inszeniert zu sein. Der Möchtegern-Frauenheld ließ den Kopf hängen und verließ die Milchbude wie ein geschlagener Boxer. Elsa Blank atmete tief durch und sagte: »Ich danke Ihnen sehr dafür, dass Sie mich von diesem Schleimer befreit haben! Wenn Sie nicht zufällig vorbeigekommen wären ...«

Mona hob die Hand. Elsa Blank verstand die Geste richtig und vollendete den Satz nicht.

»Wir sind sehr gezielt hier, denn unsere Polizeikollegen und wir haben intensiv nach Ihnen gesucht«, erklärte die Kommissarin ernst.

Elsa Blank lächelte, sie schien erfreut zu sein: »Haben Sie Achims Entführer gefunden?«

Die Kommissarin antwortete: »Noch nicht, aber darum geht es in erster Linie nicht. Wir bitten Sie, uns zur Polizeistation zu begleiten.«

»Warum sind Sie so ernst, Frau Sander? Ist meinem Freund etwas zugestoßen? Ich glaubte ihn im Krankenhaus in guten Händen. Der Arzt achtete darauf, dass ich nur kurz bei Achim war. Dieser Dr. Siemers macht einen sehr kompetenten Eindruck.«

Enno erklärte: »Ihrem Freund geht es gut, aber von Marie Kruse kann man das nicht behaupten. Sie lebt nicht mehr. Wir gehen von einem Tötungsdelikt aus.«

»Marie?«, wiederholte Elsa Blank. Sie wirkte überrascht, aber nicht gerade betrübt. Das war angesichts der Vorgeschichte zwischen den beiden Frauen auch kein Wunder. Hätte die Verdächtige ihre Verblüffung so überzeugend vorspielen können, wenn sie selbst die Mörderin wäre? Oltbeck würde diesem Zweifel keine Bedeutung beimessen, aber Mona war nicht ihr Chef. Maries Tod schien für Elsa eine solche Neuigkeit zu sein, dass sie für den Moment keine weiteren Fragen stellte. Sie folgte den Kommissaren, ohne Widerstand zu leisten. Bevor sie ins Auto steigen konnte, sagte Mona: »Ich werde Sie jetzt abtasten, Frau Blank. Haben Sie Waffen oder spitze Gegenstände in den Taschen, an denen ich mich verletzen könnte?«

Die Antwort bestand aus einem Kopfschütteln. Die Ermittlerin fand nichts, was eine Gefahr darstellte. Elsa Blank hatte nur etwas Kleingeld sowie die Schlüssel zu ihrem Urlaubsquartier in der Jackentasche. Die Kommissarin erinnerte sich daran, dass die Gesuchte ihre Handtasche in dem Ferienhaus gelassen hatte. Die Verdächtige wirkte seltsam unbeteiligt, als wäre sie tief in Gedanken versunken. In der Polizeistation durfte sie im Verhörraum auf einem

Stuhl Platz nehmen. Die Kommissare setzten sich ihr an dem einzigen Tisch gegenüber.

Enno erklärte: »Wir vernehmen Sie jetzt als Beschuldigte. Sie stehen im Verdacht, Marie Kruse getötet zu haben. Sie müssen sich nicht selbst belasten, können die Aussage verweigern und haben das Recht auf einen Anwalt.«

Elsa Blank schien aus einer Art Trance zu erwachen: »Ich benötige keinen Verteidiger, Herr Moll. Ich bin unschuldig. Wie kommen Sie darauf, dass ich etwas mit Maries Tod zu tun haben könnte? Wie ist sie überhaupt gestorben? Und wo?«

»Eins nach dem anderen«, bremste der Oberkommissar sie. »Sind Sie damit einverstanden, dass wir die Befragung als Audiodatei aufnehmen.«

»Ja, das bin ich.«

Mona übernahm die Gesprächsführung: »Zunächst möchten wir wissen, wo Sie nach Ihrem Krankenbesuch bei Achim Wollmann gewesen sind.«

»Überall und nirgends.«

»Das ist keine sehr präzise Ortsbeschreibung.«

»Ich kenne mich auf Borkum nicht aus«, rechtfertigte die Verdächtige sich. Sie fuhr fort: »Wenn es mir nicht gut geht, dann kann ich keine Gesellschaft vertragen. Schon gar nicht von meinen Kegelbrüdern und -schwestern mit ihrer aufgesetzten Fröhlichkeit. Wenn ich selbst angesäuselt bin, finde ich die Stimmung ja ganz amüsant. Aber in nüchternem Zustand suchte ich die Ruhe. Ich wollte einfach nur allein sein, um den Schock über Achims Entführung zu verkraften. Also streifte ich durch die Straßen und am Strand entlang, bis ich müde wurde. Ich holte mir in der Milchbude einen Kaffee und setzte mich ganz außen hin, um das Meer zu beobachten. Das könnte ich stundenlang tun, es wird mir nie langweilig.«

Dafür hatte Mona vollstes Verständnis. Auch sie liebte das Rauschen der Brandung, den Geschmack des Salzwassers auf ihren Lippen und das Gefühl, barfuß durch feuchten Sand zu laufen. Doch darum ging es jetzt nicht. Sie bat um genauere Zeitangaben. Es stellte sich heraus, dass Elsa Blank zur angenommenen Tatzeit kein Alibi hatte. Die Bedienung in der Milchbude würde wahrscheinlich bestätigen können, seit wann die Verdächtige dort verweilt hatte.

Doch Elsa Blank war offenbar erst dort eingetroffen, als das Opfer schon nicht mehr lebte. Die Ermittlerin kam nun auf das niederländische Einweghandy zu sprechen: »Besitzen Sie dieses Telefon?«

Sie nannte natürlich auch die Nummer. Die Verdächtige schüttelte den Kopf: »Ich hab noch nie ein holländisches Telefon gehabt. Wozu auch? Ich besitze nur ein Smartphone, das mir gestohlen wurde. Diese Nummer kennen Sie.«

Die Kommissarin kam auf einen anderen Gesichtspunkt zu sprechen: »Wie würden Sie Ihr Verhältnis zu Marie Kruse beschreiben?«

»Ich muss Sie nicht anlügen, Frau Sander. Sie haben doch selbst miterlebt, wie gemein diese Frau sein konnte. Wir waren immerhin Vereinskameradinnen, und der Kegelsport bedeutet mir viel. Aber wegen Marie war ich einige Male drauf und dran, dem Club den Rücken zu kehren.«

»Warum hatte diese Frau es auf Sie abgesehen?«

»Sie war neidisch, weil Achim sich für mich und gegen sie entschieden hat. Sie hat ihn einmal verführt, als wir noch nicht zusammen waren. Das hat er mir gebeichtet. Achim war nicht an etwas Festem mit Marie interessiert. Das hat er ihr zu verstehen gegeben. Damit kam sie wohl nicht klar.«

»Haben Sie Marie Kruse getötet?«, wollte Mona wissen, wobei sie der Verdächtigen direkt in die Augen blickte. Elsa Blank wirkte erschrocken und verwirrt. Sie beteuerte: »Nein, ich … könnte nie einen Menschen umbringen. Noch nicht einmal Marie! Das müssen Sie mir glauben. Und – was ist mit den Verbrechen gegen mich und meinen Freund?«

»Die könnten Sie inszeniert haben, um uns an eine Serie von Straftaten glauben zu lassen«, sagte die Kommissarin.

»Ich war mit den anderen Keglern zusammen, als Achim verschwand!«

»Es wäre möglich, dass Ihr Freund sich die Wunde selbst zugefügt hat – oder dass es einen Komplizen gab.«

Noch während Mona diese Worte aussprach, kamen sie ihr selbst absurd vor. Wollmanns Gedächtnisverlust war für die Ermittlerin glaubhaft. Wer würde sich selbst so schwer verletzen? Und auf einen Komplizen gab es keinen Hinweis, denn Rüdiger Wiese kam für diese Rolle nicht mehr infrage. Elsa Blank verschränkte die Arme vor der Brust: »Ich bin jetzt müde und möchte nichts mehr sagen. - Bin ich verhaftet?«

»Nein, Sie können gehen«, erwiderte Enno, »aber halten Sie sich zunächst auf Borkum zu unserer Verfügung. - Ein Streifenwagen kann Sie zum Ferienhaus bringen.«

»Nein, danke. - Ich habe mich jetzt lange genug ausgeruht und gehe zu Fuß.«

Die Verdächtige verließ den Verhörraum, die Kommissare gingen in ihr Dienstzimmer hinüber. Nach einer Weile brach der Ostfriese das nachdenkliche Schweigen: »Wenn du mich fragst, dann war sie es nicht. Falls wir die Tatwaffe mit ihren Fingerabdrücken darauf finden sollten, sieht die Sache natürlich schon wieder anders aus.«

»Oltbeck wird meckern, weil wir die Frau nicht hinter Schloss und Riegel gebracht haben«, vermutete die Ermittlerin, »aber laut ihrer POLAS-Abfrage ist sie noch nie mit dem Gesetz in Konflikt gekommen. Und sie hat einen festen Wohnsitz. Da ist keine Haft gerechtfertigt.«

»Ich fiebere der Diskussion mit dem Chef bereits entgegen«, begann Enno schmunzelnd. Da wurde plötzlich die Tür aufgerissen. Es gehörte zu den Eigenheiten von Polizeimeisterin Grietje Smit, ohne vorheriges Anklopfen hereinzuplatzen, als ob sie wie eine Springteufelin aus der Schachtel schnellen würde. Mona ärgerte sich immer wieder darüber, hatte es aber inzwischen aufgegeben, auf eine Verhaltensänderung der jungen Kollegin zu hoffen.

»Was gibt es diesmal, Grietje?«

»Ich habe eine Mordzeugin für euch«, gab die Polizistin lässig zurück.

Kapitel 10

Während Grietje sich wieder aus dem Staub machte, blieb eine junge Frau schüchtern lächelnd bei der offenen Tür des Dienstzimmers stehen. Mona schaute sie an. Die Besucherin trug eine weite helle Leinenhose, Tennisschuhe und eine blaue Windjacke. Ihr blondes Haar war zu einer modernen Fransenfrisur geschnitten worden, außer einem Verlobungsring war bei ihr kein Schmuck zu erkennen. Sie hatte eine Umhängetasche über der linken Schulter.

»Ich heiße Daphne Egger«, sagte sie, »und ich weiß überhaupt nicht, ob ich bei Ihnen an der richtigen Adresse bin ...«

»Das wird sich zeigen«, erwiderte Mona und deutete auf ihren Besucherstuhl. Sie stellte Enno sowie sich selbst vor und fragte: »Was können wir für Sie tun?«

Daphne Eggers Brust hob und senkte sich, bevor sie antwortete: »Vielleicht reagiere ich ja etwas hysterisch – aber ich habe gehört, dass heute auf der Insel ein Mordopfer gefunden wurde.«

Die Kommissarin hätte am liebsten mit den Augen gerollt, hielt sich aber zurück. Mona musste nicht lange rätseln, woher diese Information stammte. Sowohl der Leichenwagen des Bestatters als auch ein Polizeiauto hatten für alle Vorbeifahrenden gut sichtbar an der Reedestraße geparkt. Garantiert waren auch ein paar Schaulustige beim Abtransport des Sargs zugegen gewesen. Vermutlich spukten schon wieder die wildesten Gerüchte durch die sozialen Medien. Oltbeck hatte jedenfalls noch keine offizielle Pressemitteilung herausgegeben.

»Ja, es hat ein Gewaltverbrechen mit Todesfolge gegeben«, erklärte Mona ruhig. »Können Sie dazu Angaben machen? Meine Kollegin geht davon aus, dass Sie eine Mordzeugin sind.«

»So weit würde ich nicht gehen«, schränkte die Besucherin ein, »aber ich habe im Internet gelesen, dass man eine tote Frau in der Schutzhütte unweit vom Deichmosaik gefunden hat. - Und dort in der Nähe konnte ich eine Gestalt beobachten, vor der ich mich sofort gefürchtet habe.«

Die Kriminalistin schlug ihr Notizbuch auf. Nach ihrem ersten Eindruck kam ihr Daphne Eggers wie eine ernsthafte Person und nicht wie eine Schaumschlägerin vor. Bei einer Befragung zeigte sich meist sehr schnell, ob eine Zeugin sich in Widersprüche verwickelte oder ob ihre Angaben in sich schlüssig waren.

»Bitte berichten Sie so ausführlich wie möglich, was Sie beobachten konnten«, bat Enno.

Daphne Egger begann: »Ich mache seit einer Woche Urlaub auf Borkum und wohne im *Hotel Teutonia.* Ich liebe die Natur und spaziere gern am Strand entlang oder erkunde die Dünenlandschaften. Heute Morgen bin ich mit der Kleinbahn hinunter zum Hafen gefahren und wollte dann zu Fuß den Rückweg antreten. Es war ungefähr zehn Uhr, als ich einen verdächtigen Mann unweit dieser Schutzhütte sah.«

An dieser Stelle unterbrach Mona den Bericht: »Warum erregte er Ihre Aufmerksamkeit?«

»Er trug eine Sturmhaube, Frau Sander. Und er hielt eine Art Knüppel aus Metall in der rechten Hand. Übrigens trug er Handschuhe. Ich bekomme jetzt noch weiche Knie, wenn ich daran denke!«

»Wie reagierte der Maskierte auf Ihr Erscheinen?«

»Gar nicht, Herr Moll. Das war mein Glück. Ich möchte nicht wissen, was geschehen wäre, wenn er mich gesehen hätte. Man kann sich ja dort nirgendwo verstecken. Er schaute einfach nicht in meine Richtung. Ich kam ja vom Hafen, während er sich zur Reedestraße wandte. Ich erblickte ihn also nur seitlich von hinten.«

»Das Gesicht konnten Sie nicht erkennen?«, fragte die Kommissarin nach.

»Nein. - Ich blieb wie angewurzelt stehen und schickte ein Stoßgebet zum Himmel. Wenn er sich umgedreht hätte, würde er mich zwangsläufig bemerkt haben. Das geschah Gott sei Dank nicht. - Aber ihm muss klar gewesen sein, dass er mit dieser Maske unnötiges Aufsehen erregen würde. Bevor er in Sichtweite der Reedestraße kam, zog er die Sturmhaube vom Kopf und steckte sie in die Tasche. Und den Knüppel warf er in hohem Bogen weg.«

Mona horchte auf: »Wohin?«

»Einfach in die Landschaft, Frau Sander. Zwischen der Fahrbahn und der Schutzhütte gibt es ja viel Heidekraut und Unterholz, auch einige schief wachsende Bäumchen … ich habe nicht genau darauf geachtet, wohin der Gegenstand fiel. Ich war froh, dass der Mann mich nicht bemerkt hat.«

»Das verstehe ich«, stellte die Kommissarin klar, »aber warum haben Sie nicht sofort die Polizei verständigt, nachdem Sie die Person bemerkten? Wenn ich einen Maskierten mit einem Schlaginstrument in der Hand mitten im Naturschutzgebiet zu sehen bekäme, dann würden bei mir sämtliche Alarmsirenen schrillen.«

Die Zeugin senkte den Kopf, sie wirkte nun verlegen: »Sie haben recht, das war ein Fehler. Aber ich bin ein Mensch, der nicht gern im Mittelpunkt steht. Und zunächst wusste ich ja noch gar nichts von dem Verbrechen, das sich zugetragen haben soll. Ich bin nicht zu dem Unterstand gegangen. Im Internet stand, dass dort eine blutige Leiche gefunden wurde. Wenn ich mir vorstelle, dass ich die auch noch entdeckt hätte ...«

Mona konnte Daphne Egger verstehen. Es gab grundsätzlich drei Arten von Zeugen. Die erste Gruppe stahl der Polizei die Dienstzeit, indem sie auf völlig alltägliche und nicht strafbare Handlungen aufmerksam machte. Die zweite Gruppe hatte tatsächlich etwas Wichtiges gesehen und die dritte verschloss lieber die Augen vor möglicherweise kriminellen Aktivitäten, weil sie nicht in »etwas hineingezogen werden« wollte. Daphne Egger gehörte offenbar zu Letzteren. Dennoch war die Ermittlerin dankbar dafür, dass die junge Frau überhaupt ihren Weg zur Polizeistation gefunden hatte. Denn nun gab es die reelle Chance, die Tatwaffe zu finden.

»Könnten Sie mir wenigstens ungefähr zeigen, wo der Mann den Gegenstand weggeworfen hat?«, fragte sie.

»Ja, das traue ich mir zu«, lautete die Antwort.

Mona stand auf. »Ich würde jetzt zusammen mit Frau Egger zur Reedestraße fahren und mich dort umschauen.« Leise ergänzte sie: »Würdest du es bitte übernehmen, dass die Angehörigen des Opfers verständigt werden?«

Der Oberkommissar griff zum Telefon. Wenn es irgend möglich war, ließen die Inselpolizisten Todesnachrichten durch Kollegen vor Ort persönlich überbringen. Dies war immer noch besser, als die Hiobsbotschaft vom Verlust eines geliebten Menschen durch einen Anruf mitzuteilen – obwohl es manchmal nicht anders ging. Enno würde mit dem Wuppertaler Polizeipräsidium Kontakt aufnehmen, damit die Eltern oder der Partner von Marie Kruse persönlich informiert wurden.

Die Kommissarin verließ mit der Zeugin die Wache und stieg in den Dienstwagen. Auf dem Weg zur Reedestraße versuchte sie, ein wenig mehr über Daphne Egger zu erfahren: »Ist dies Ihr erster Borkum-Aufenthalt?«

»Ja, und die Insel gefällt mir ausgesprochen gut. Ich war schon auf Spiekeroog und Wangerooge. Nach und nach wollte ich alle ostfriesischen Eilande besuchen.«

»Können Sie mir dieses Schlaginstrument genauer beschreiben?«

»Ich habe es ja nur aus der Entfernung gesehen, Frau Sander. Es schien mir aus Metall zu sein. Und es ist ungefähr so lang wie mein Unterarm, schätze ich. Ich weiß auch nicht, ob der Mann es wirklich als Waffe benutzt hat. Nachdem ich von dem Mord gehört habe, sehe ich die Sache mit anderen Augen.«

»Man darf keine voreiligen Schlüsse ziehen«, warnte Mona. »Es ist wichtig, sich an die Fakten zu halten.«

»Ja, natürlich. Entschuldigen Sie bitte, dies ist alles neu und ungewohnt für mich. Und auch bedrohlich.«

»Woher stammen Sie, Frau Egger?«

»Aus Paderborn.«

»Und was machen Sie beruflich?«

»Ich bin Chefsekretärin in einem Großhandelsunternehmen.«

Nach Monas Meinung entsprach die Zeugin so gar nicht dem Klischeebild, das mit diesem Beruf allgemein verbunden wurde. Aber auf Vorurteile gab die Kommissarin ohnehin nichts. Sie selbst wurde oft genug aufgrund ihrer geringen Körperlänge nicht für voll genommen, was sich indirekt für sie als Vorteil herausstellte: Wer unterschätzt wurde, hatte oftmals leichteres Spiel. Daphne Egger machte einen zurückhaltenden Eindruck auf die Ermittlerin. Vielleicht war es gerade diese Eigenschaft, die sie als Chefsekretärin so wertvoll machte – ein »guter Geist«, der im Hintergrund wirkte und den Laden am Laufen hielt. Während ihres Wortwechsels hatten die beiden Frauen bereits die Reedestraße erreicht.

»Hier müsste es ungefähr gewesen sein«, meinte die Zeugin, kurz nachdem sie das Deichmosaik passierten. Mona brachte das Auto zum Stehen. Sie stiegen aus. Daphne Egger schaute sich ängstlich um – so, als ob sie einen Frontalangriff des Maskierten erwarten würde.

»Keine Sorge, Sie haben jetzt Polizeischutz«, versicherte Mona. Sie hatte ihre Pistole bei sich, die sie im Notfall auch benutzen würde. Doch dazu kam es bei ihr meist nicht, weil sie Verdächtige auch ohne Waffengewalt unschädlich machen konnte.

»Ja, das ist beruhigend. Allein würde ich mich nicht mehr hierhertrauen«, murmelte die Zeugin.

Die Kommissarin warf einen Blick auf das Ferienhaus der Kegler, das sich auf der gegenüberliegenden Straßenseite nur ungefähr hundert Meter weiter Richtung Hafen befand. Wie lange würde man zu Fuß benötigen, um von dort zum Tatort zu gelangen? Zehn Minuten, auf keinen Fall länger. Mona und Daphne wandten sich nun zunächst dem mit Heidekraut bewachsenen Boden am Straßenrand zu. Die Zeugin breitete die Arme aus: »Hier irgendwo hat der Mann den Metallstab weggeworfen.«

»Wenn Sie den Gegenstand finden, dürfen Sie ihn auf keinen Fall berühren«, schärfte die Kommissarin ihr ein. Zwar hatte die Zeugin ausgesagt, dass die Person Handschuhe trug. Trotzdem war es natürlich möglich, dass sich DNA des Maskierten an dem Schlaginstrument befand. So, wie die Dinge lagen, hatte Daphne Egger vermutlich den Mörder gesehen. Und es konnte sich nicht um Elsa Blank handeln, denn die Zeugin erwähnte mehrfach einen Mann. Nach Monas Erfahrung ließen sich Frauen und Männer auch auf größere Entfernung meist schon aufgrund ihrer Körpersprache und Bewegungen voneinander unterscheiden. Doch wie glaubwürdig war die Zeugin überhaupt? Momentan sprach nichts dafür, dass sie ein Interesse an falschen Angaben haben könnte.

Die Ermittlerin hatte bereits Latexhandschuhe übergezogen. Sie nahm einen dünnen Ast und stocherte damit vorsichtig in der Vegetation herum. Vermutlich war es nicht sehr effektiv, nur zu zweit nach dem Gegenstand zu suchen. Doch bevor Mona schlechte Laune bekommen konnte, bemerkte sie plötzlich ein metallisches Schimmern zwischen einigen Farnen. Sie bückte sich, schob die Pflanzen zur Seite – und erblickte ein Metallrohr mit Blutspuren darauf. Vermutlich stammte es ursprünglich von einem Gerüst. Aber die Kommissarin zweifelte nicht daran, dass es als Schlaginstrument missbraucht worden war. Sie nahm es vorsichtig in die Hand. Es war schwer. Wenn ein Täter genügend Kraft aufwendete, konnte er damit zweifellos sein Opfer töten. Die Ermittlerin erhob sich aus ihrer hockenden Position und hielt ihr Fundstück hoch. Daphne Egger kam näher und schlug sich erschrocken die flache Hand vor den Mund: »Ja, so hat das Rohr ausgesehen. - Oh Gott, da ist ja Blut! Das habe ich auf die Entfernung gar nicht bemerkt!«

»Sie haben uns sehr geholfen, indem Sie sich auf der Polizeistation gemeldet haben«, betonte Mona. »Es ist nur bedauerlich, dass Sie das Gesicht des Maskenträgers nicht sehen konnten. Andererseits ist das natürlich ein großer Vorteil, denn er hat ja offenbar Ihre Anwesenheit nicht registriert.«

»Ja, richtig – ich möchte nicht wissen, was dieser Kerl mit mir angestellt hätte«, murmelte die Zeugin. Diese Vorstellung schien sie zu ängstigen, was die Kommissarin nachvollziehen konnte. Daphne verstummte kurz, dann fuhr sie fort: »Aber ich konnte mir immerhin merken, wie der Mann gekleidet war.«

Sie beschrieb die Hose und das Sweatshirt, die der Maskenmann angehabt hatte. Die Kommissarin versuchte, sich ihre Aufregung nicht anmerken zu lassen. Genau solche Textilien hatte nämlich Norbert Vogt an dem Morgen getragen!

Kapitel 11

Mona holte tief Luft und sagte: »Ich bringe Sie jetzt zurück zur Wache, wo wir Ihre Aussage schriftlich niederlegen. Danach können Sie gehen. Allerdings benötige ich noch Ihre Mobilnummer, falls wir noch weitere Einzelheiten klären müssen.«

»Ich bin froh, dass ich helfen konnte«, sagte Daphne Egger mit einem schüchternen Lächeln auf den Lippen. »Ich hoffe, dass Sie dieses schreckliche Verbrechen bald aufklären können.«

Die Ermittlerin nickte nur. Während die beiden Frauen in den Ort zurückfuhren, versuchte Mona, die neuen Erkenntnisse einzuordnen. Sie zweifelte nicht daran, dass sie soeben die Tatwaffe sichergestellt hatte. Allerdings war Vogt bisher als Verdächtiger noch gar nicht infrage gekommen, weil er scheinbar kein Motiv hatte. Ganz abgesehen davon, dass die anderen Kegler ihm ein Alibi gegeben hatten. Aber wie viel war dies überhaupt wert, wenn er der Vereinsvorsitzende war und seine Mitsportler um einen Gefallen bat? Abgesehen davon, dass die Gruppe zur Tatzeit vermutlich mit einem Alkoholkater zu kämpfen hatte und nicht hundertprozentig wusste, wer sich wann wo aufgehalten hatte. Die Kommissarin erinnerte sich daran, dass Vogt den Kleinbus beladen hatte, als sie und Enno morgens beim Ferienhaus erschienen waren. Und da entsprach seine Kleidung exakt den Angaben der Zeugin! War es ein Fehler gewesen, sich bei den Ermittlungen zu sehr auf die Rivalität zwischen Elsa Blank und Marie Kruse zu konzentrieren? Ob Vogt auch hinter Wollmanns Entführung steckte? Aber er hatte mit seinen Kegelbrüdern und -schwestern im Wohnzimmer gehockt, als Wollmann verschleppt wurde. Ob es noch einen Mittäter gab, von dem die Polizisten bisher nichts wussten? Mona verspürte das dringende Bedürfnis, sich mit Enno zu beraten.

Nachdem sie wieder auf der Wache waren, schaltete die Kommissarin ihren Computer ein und tippte Daphne Eggers Angaben in das Textverarbeitungsprogramm. Die Zeugin las die ausgedruckten Seiten sorgfältig durch und unterschrieb auf der letzten Seite. Der Oberkommissar hatte sich zurückgehalten, weil er Monas Konzentration nicht stören wollte.

»Sie können mich gern anrufen, wenn Sie noch etwas von mir brauchen.«

Mit diesen Worten verabschiedete Daphne Egger sich. Sie gab der Kommissarin zum Abschied ihre Visitenkarte mit ihrer Mobilnummer. Dann schloss sie die Tür hinter sich. Enno zeigte auf das Rohr, das sich in einem Beutel für Beweisstücke befand: »Ich habe gerade schon teilweise aufgeschnappt, dass euer Ausflug sehr erfolgreich war.«

»Einerseits stimmt das, andererseits sind jetzt neue Fragen aufgetaucht«, erwiderte Mona und fasste kurz zusammen, welche Gedanken sie sich über Vogt gemacht hatte.

»Für das Alibi dieses Herrn würde ich auch nicht meine Hand ins Feuer legen«, meinte der erfahrene Kriminalist, »am besten holen wir ihn für eine Befragung hierher.«

»Mit dem größten Vergnügen!«, sagte sie. Ihr Kollege warf ihr einen warnenden Blick zu. Daraufhin beteuerte sie: »Keine Sorge, ich werde mich zu benehmen wissen.«

»Ich habe keinen Ton gesagt«, stellte der Ostfriese schmunzelnd klar. Dann wurde er wieder ernst: »Ein Kollege aus Wuppertal wird die Eltern des Opfers persönlich informieren. Sie können uns anrufen, wenn sie etwas über die Tat erfahren wollen. Vielleicht müssen wir ja auch selbst Kontakt zu ihnen aufnehmen, um uns ein Bild von den Hintergründen zu machen.«

»Nach dem Gespräch mit Vogt sind wir garantiert schlauer«, gab Mona ungeduldig zurück. Sie konnte es kaum abwarten, diesem Mann auf den Zahn zu fühlen. Als sie beim Ferienhaus eintrafen, wurde ihnen von Elsa Blank geöffnet. Sie schien nicht erfreut darüber zu sein, die Kommissare so schnell wiederzusehen.

»Was wollen Sie denn schon wieder von mir?«

Sie hatte die Arme vor der Brust verschränkt und die Augenbrauen zusammengezogen. Auch ihr Tonfall zeugte von ihrer ablehnenden Haltung.

»Diesmal geht es nicht um Sie oder Herrn Wollmann«, erklärte Enno freundlich. »Wir müssen mit Norbert Vogt sprechen.«

»Der ist nicht hier, genauso wenig wie die übrigen Kegler. Ich bin allein im Haus«, erwiderte Elsa Blank. Dies konnte stimmen. Den Ermittlern war schon bei ihrem Eintreffen aufgefallen, dass der Kleinbus nicht im Carport stand. Elsa Blank wollte die Tür schon wieder schließen, aber Mona stellte schnell ihren Fuß in den Spalt zwischen Tür und Türstock.

»Wir sind gleich wieder weg, nur eine kurze Frage: Wie würden Sie Ihr Verhältnis zu Norbert Vogt beschreiben?«

Ihre Worte schienen Elsa Blank zu verblüffen: »Warum wollen Sie das wissen? Haben Sie mich nicht mehr im Verdacht?«

Daraufhin erwiderten die Kommissare nichts. Sie fuhr zögernd fort: »Vogt ist eigentlich ganz nett, wenn man ihm nicht in die Quere kommt. Er bildet sich viel darauf ein, dass er unser Vereinschef ist. Aber er kümmert sich auch viel darum, dass wir regelmäßige Trainingszeiten haben und es noch weitere Aktivitäten gibt, wie beispielsweise diese Fahrt nach Borkum.«

»Und wie stand er zu Marie Kruse?«, erkundigte Mona sich. »Sie war ja eine attraktive junge Frau.«

»Gewiss, das muss ich zugeben – auch wenn ich sie nicht ausstehen konnte. Ich weiß nicht, ob zwischen ihr und unserem Vereinsvorsitzenden etwas lief. Er ist verheiratet, aber dadurch lassen sich ja nicht alle Männer bremsen. Denken Sie, Vogt könnte ein Auge auf sie geworfen haben?«

»Das werden wir herausfinden«, versicherte die Kommissarin. »Waren Ihre Vereinskameraden schon fort, als Sie zurückgekehrt sind?«

Elsa Blank nickte: »Ursprünglich hatten wir einen Ausflug ins Ostland vorgehabt. Dorthin werden sie dann wohl gefahren sein – ohne auf mich zu warten.«

Unter Zusammenhalt stelle ich mir etwas anderes vor, dachte Mona grimmig. Von dem geplanten Abstecher hatten die Ermittler ja schon durch Vogt gehört. Dass die Tour aus Pietätsgründen gestrichen werden sollte, hatte der Vereinschef wohl schnell wieder vergessen. Die beiden verabschiedeten sich von Elsa Blank und stiegen wieder in ihren Dienstwagen. Enno wendete und lenkte das Auto nach Osten. Vom Deichmosaik bis zum Borkumer Ostland benötigte man mit dem PKW knapp zehn Minuten. Den Kommissaren blieb also genug Zeit für einen Gedankenaustausch.

»Der Taschendiebstahl, die Entführung und der Mord passen nicht so recht zusammen, wenn wir Vogt als Verdächtigen betrachten«, meinte der Oberkommissar. »Zumindest für das Kidnapping hätte er einen Mittäter gebraucht, anders wäre es nicht gegangen. Und warum sollte er Elsas Portemonnaie und Smartphone klauen, wenn er es auf Marie abgesehen hat?«

»Dafür habe ich keine einleuchtende Erklärung«, gab Mona zu, »aber wir können momentan über das Mordmotiv sowieso nur spekulieren. Wir sollten uns auch nicht daran festbeißen, dass der Täter die roten Würfel platziert hat – jedenfalls nicht bei dem Tötungsdelikt.«

»Das musst du genauer erklären«, bat Enno. Die Kommissarin erwiderte: »Wenn es nun Marie war, von der diese Würfel stammten? Nach dem Grund darfst du mich nicht fragen, der ist mir bisher schleierhaft. Sie hätte problemlos sowohl in der Handtasche als auch in Wollmanns Zimmer einen dieser Gegenstände hinterlassen können, warum auch immer. Vielleicht hatte sie mit dem dritten Würfel noch etwas ganz anderes vor. Doch bevor es dazu kam, wurde sie von Vogt umgebracht.«

»Sei froh, dass ich nicht Oltbeck bin«, meinte der Ostfriese lächelnd. »Ich glaube, die Würfel sind für ihn nicht nur wegen ihrer Farbe ein rotes Tuch. Wir beide sind uns gewiss einig darüber, dass sie eine Bedeutung haben – die wir noch nicht kennen. Das Verhältnis zwischen Vogt und Marie ist für mich entscheidend. Er muss ja nicht zwangsläufig hinter ihr her gewesen sein. Nur, weil eine Frau jung und attraktiv ist, verliert ein älterer Mann nicht sofort seinen Verstand.«

»Dafür bist du ja das beste Beispiel!«, rief Mona lachend und kniff ihm spielerisch in die Wange. »Du hast hier eine Spitzenbraut wie mich auf dem Beifahrersitz und kannst trotzdem noch analytisch denken!«

»Ich bin eben glücklich verheiratet«, murmelte der Oberkommissar und errötete ein wenig. Natürlich hatte er sie noch niemals angebaggert. Seine Überlegung war auf jeden Fall bedenkenswert. Vielleicht gab es eine Verbindung zwischen Vogt und Marie, die überhaupt nichts mit Erotik zu tun hatte? Die Kommissare erreichten das *Café Restaurant Ostland*, ein beliebtes Ziel für Radwanderer und Spaziergänger. In der Nähe erblickten sie den Kleinbus der Kegler. Vom Personal des Lokals erfuhren Mona und Enno, dass die Gruppe sich zur *Olde Düne* aufgemacht hatte. Das war ein Aussichtspunkt, von dem aus man sowohl die Nordsee als auch die Dächer des Borkumer Ortszentrums und die wildromantische Dünenlandschaft betrachten konnte.

»Die Trauer über Maries Tod scheint sich in Grenzen zu halten«, sagte die Kommissarin leise zu ihrem Kollegen. Er nickte. Das Lachen der Kegler war nicht zu überhören. Die fröhliche Runde bemerkte die Ermittler erst, als sie ebenfalls die *Olde Düne* erklommen hatten. Mona lag eine Bemerkung auf der Zunge, aber sie hielt sich lieber zurück.

»Moin, es geht noch einmal um den Tod von Marie Kruse«, sagte Enno ruhig. Betretenes Schweigen setzte ein, bis es von dem Kegler namens Rudi gebrochen wurde: »Marie … lebt nicht mehr?«

Seine Stimme klang ungläubig. Auch die anderen Gruppenmitglieder schienen völlig überrascht zu sein, mit einer Ausnahme. Die Kommissarin schaute Vogt an: »Sie haben Ihre Kegelfreunde nicht informiert?«

»Du wusstest davon, Norbert?«, fragte Rudi entgeistert. »Du meintest, Elsa und Marie würden später nachkommen!«

Der Vereinschef wand sich wie ein Aal: »Ich wusste nicht, wie ich es euch beibringen sollte … die Stimmung wäre völlig im Eimer gewesen ...«

Hatte Vogt sich ernsthaft eingebildet, den Mord an Marie Kruse längerfristig vor den anderen verschweigen zu können? War dies ein Hinweis auf seine Täterschaft oder pure Gedankenlosigkeit?

Für diese Überlegungen war später immer noch Zeit. Mona sagte: »Herr Vogt, wir möchten Sie bitten, uns zur Polizeiwache zu begleiten. Wir haben einige Fragen an Sie.«

»Was soll das bedeuten? Bin ich verhaftet?«, regte der Verdächtige sich auf. Enno schüttelte den Kopf: »Es ist in Ihrem eigenen Interesse, wenn Sie mit uns kommen.«

Die Kegler schauten ihn an, als ob sie ihn zum ersten Mal im Leben sehen würden. Er stieß ein nervös klingendes Lachen aus und meinte: »Das ist nur ein dummes Missverständnis, das ich schnell aus der Welt schaffen werde! Ihr wisst doch, dass ich eine ehrliche Haut bin!«

Die Vereinsmitglieder ließen diese Behauptung unkommentiert. Sie waren offenbar zu geschockt, um reagieren zu können. Erst mussten sie vom Tod ihrer jungen Kegelschwester erfahren – und nun wurde auch noch ihr Chef von den Kriminalisten mitgenommen. Vogt folgte den Beamten zum Dienstwagen, ohne Widerstand zu leisten. Er begehrte erst auf, als Enno ihn nach Waffen durchsuchen wollte: »Ich werde hier ja behandelt wie ein Schwerverbrecher!«

»Das kann passieren, wenn man unter Verdacht gerät«, stellte Mona fest. Vogt trug immer noch die Kleidung, die von Daphne Egger beschrieben worden war: blaue Jeans und ein ebenfalls blaues Sweatshirt mit zwei breiten weißen Querstreifen. Vermutlich gab es auf der Insel noch andere Männer, die ähnlich angezogen waren – die sich aber vermutlich nicht zur Tatzeit so nah am Tatort aufgehalten hatten.

»Verdacht? Sie glauben, ich hätte etwas mit Maries Tod zu tun?«, fragte Vogt verdattert. Dies schien ihn so zu verwirren, dass er sich schließlich doch von dem wuchtigen Ostfriesen abtasten ließ. Enno fand in seinen Taschen weder ein Messer noch andere Gegenstände, mit denen er den Polizisten Schaden zufügen konnte. Auf dem Rückweg zur Dienststelle übernahm Mona das Fahren, ihr Kollege setzte sich mit Vogt hinten in das Auto, um ihn besser unter Kontrolle zu haben. Doch der Verdächtige schien in eine Schockstarre verfallen zu sein. Im Rückspiegel konnte die Kommissarin seinen glasigen Blick deutlich sehen. Auf der Wache wurde Vogt in den Verhörraum geführt. Enno belehrte ihn über seine Rechte. Mona kam sofort zur Sache: »Wo waren Sie heute zwischen 9.14 Uhr und 10.30 Uhr?«

»Im Ferienhaus, ich habe den Ausflug vorbereitet«, behauptete Vogt.

»Gibt es dafür Zeugen?«

»Natürlich, Frau Sander. Meine Kegelbrüder und -schwestern waren alle anwesend.«

»Und was ist mit Marie Kruse?«, hakte die Kommissarin nach. »War die auch da?«

»Nicht die ganze Zeit über«, lautete die Antwort. Vogt fuhr fort: »Irgendwann nach neun sagte sie, dass sie etwas erledigen müsse und rechtzeitig zum Ausflug zurück wäre.«

»Haben Sie nicht gefragt, worum es ging?«, wollte Enno wissen. Der Verdächtige schüttelte den Kopf.

»Nein, Herr Moll. Ich nahm an, es wäre privat. Marie und ich sind – waren – ja nur Kegelkameraden. Wir standen uns nicht nah, falls Sie dies annehmen.«

»Marie Kruse war jung und gutaussehend«, stellte die Kommissarin fest. »Es gab bestimmt viele Männer, die sie verehrt haben.«

»Ich gehöre jedenfalls nicht dazu, falls Sie darauf anspielen wollen. Ich bin meiner Frau treu.«

Wer es glaubt, wird selig, dachte die Kriminalistin. Sie sagte: »Ihre Gattin begleitet Sie aber nicht bei Ihrer Borkumreise.«

Vogt zuckte mit den Schultern: »Birgit macht sich eben nichts aus dem Kegelsport, sie hat andere Hobbys. - Wie kommen Sie überhaupt darauf, dass ich etwas mit Maries Tod zu schaffen haben könnte?«

Mona entschloss sich, die Katze aus dem Sack zu lassen: »Es gibt eine Zeugenaussage, nach der ein Mann, dessen Beschreibung auf Sie passen könnte, in der Nähe des Tatorts gesehen wurde.«

»Schön, aber dieser Kerl bin *ich* nicht gewesen!«, beteuerte der Vereinschef. Er fügte hinzu: »Wie gesagt, meine Leute können dies bestätigen.«

»Als Sie die Kühltasche in den Kleinbus geladen haben, waren Sie allein«, erinnerte Enno.

»Ja, aber nur für ein paar Minuten«, sagte Vogt.

»Mit anderen Worten: Ihre Kegelkollegen waren *nicht* die ganze Zeit über bei Ihnen!«, unterstrich Mona.

»Warum hätte ich Marie töten sollen?«, fragte der Verdächtige.

Die Kommissarin erwiderte: »Vielleicht aus Eifersucht? Marie schmachtete Achim Wollmann an, zeigte Ihnen aber die kalte Schulter. Als sie das Ferienhaus verließ, folgten Sie ihr. Sie hatten sie mit einer Textnachricht zu der Schutzhütte gelockt. Dieser Ort war einsam genug gelegen, um dort in Ruhe mit ihr sprechen zu können. Sie offenbarten ihr Ihre Gefühle, aber sie hatte nur Hohn und Spott für Sie übrig. Marie lachte Sie aus, woraufhin Sie die Nerven verloren und zuschlugen.«

»Sie haben wirklich eine blühende Fantasie, Frau Sander«, spottete Vogt. Mona wusste selbst, dass ihre Annahme nicht hundertprozentig stichhaltig war. Die Mordwaffe beispielsweise lag ganz gewiss nicht zufällig im Naturschutzgebiet herum. Der Täter – ob es sich nun um Vogt oder jemand anderen handelte – hatte sie gewiss mitgenommen, um sie auch einzusetzen. Die Kommissarin war nicht sicher, dass sie den Mörder der jungen Frau vor sich sitzen hatte. Aber Vogt verbarg etwas vor Enno und ihr, das spürte sie genau. Mona nannte die Nummer des niederländischen Einweghandys und fragte: »Sagt Ihnen diese Zahlenfolge etwas?«

»Für mich hören sich die Nummern nach einem ausländischen Telefonanschluss an. Ich kann damit nichts anfangen«, erwiderte Vogt. Sein linkes Augenlid begann nervös zu zucken. Allmählich schien er zu begreifen, dass die polizeilichen Ermittlungen momentan auf ihn konzentriert waren. Er straffte sich und fuhr fort: »Ich möchte ohne einen Rechtsanwalt keine weiteren Aussagen machen.«

»Dies steht Ihnen natürlich frei«, stellte Enno klar. »Ich schlage vor, dass Sie einen Strafverteidiger beauftragen. - Sie werden jetzt zunächst erkennungsdienstlich behandelt, dann können Sie gehen. Aber Sie halten sich bitte für weitere Befragungen zur Verfügung.«

Mona hätte den Vereinschef am liebsten eingesperrt, aber dafür war die Beweislage zu dürftig. Genau genommen hatten die Kommissare nur Daphne Eggers Beobachtung, die Vogt belastete. Und jeder halbwegs qualifizierte Rechtsanwalt hätte darauf verwiesen, dass die Kleidung der verdächtigen Person alles andere als ungewöhnlich war. Die Ermittlerin erinnerte sich, in einem Textilgeschäft in der Franz-Habich-Straße vergleichbare Sweatshirts im Sonderangebot gesehen zu haben. Vermutlich besaßen allein auf Borkum mehrere Dutzend Männer diese Art von Oberbekleidung. Ihre Hoffnung ruhte jetzt darauf, dass sich auf der Tatwaffe Täter-DNA nachweisen ließ. Enno rief Polizeimeister Hinderk Ekhoff, damit er Vogts Fingerabdrücke nahm und die weiteren Prozeduren durchführte. Nachdem der uniformierte Kollege und der Verdächtige den Verhörraum verlassen hatten, sagte der Ostfriese: »Ich halte Vogt für einen falschen Fuffziger, aber bei ihm fehlt mir ein überzeugendes Motiv. Und eine Verbindung zu den beiden vorherigen Straftaten sehe ich beim besten Willen nicht.«

»Leider muss ich dir zustimmen. - Was hältst du davon, wenn wir mit Marie Kruses Eltern Kontakt aufnehmen?«, schlug Mona vor. »Falls sie schon länger von Vogt bedroht wurde oder Ärger mit ihm hatte, wird sie sich vielleicht ihrer Mutter oder ihrem Vater anvertraut haben.«

Enno stimmte zu: »Ja, das sollten wir tun – aber erst morgen. Dadurch geben wir ihnen etwas Zeit, den ersten Schock zu verarbeiten.«

Kapitel 12

Nach diesem ereignisreichen Arbeitstag konnte Mona unmöglich einfach nur nach Hause fahren, wo nur ihre leere Wohnung auf sie warten würde. Sie brauchte Gesellschaft und Ablenkung von dem kriminalistischen Rätsel, dessen Lösung ihr momentan in weiter Ferne erschien. Sie versuchte, ihre Überlegungen auf den nächsten Tag zu verschieben. Statt sich weiterhin den Kopf zu zerbrechen, nahm sie lieber ihr Fahrrad, um ihren Freund zu besuchen. Es war kein allzu großer Scharfsinn nötig, um seinen Aufenthaltsort zu ermitteln. Es war jetzt früher Abend, also würde Jan Lummer hinter der Theke seines Seglerlokals *Nordsee Kajüte* stehen und Bier zapfen. Die gemütliche Gaststätte befand sich in der Nähe des Borkumer Yachthafens. Während der kurzen Fahrt dorthin genoss die Kommissarin den frischen Wind auf ihrem Gesicht und den stimmungsvollen Anblick des Sonnenuntergangs über dem Meereshorizont. Wieder einmal war sie höchst dankbar dafür, nicht in einer Großstadt Polizistin sein zu müssen. Sie parkte ihr Rad und betrat die mit zahlreichen maritimen Gegenständen dekorierte Schankstube. Beschwingter Sommerpop klang ihr entgegen. Ihr Freund war mit Jeans und einem verwaschenen Iron-Maiden-T-Shirt bekleidet. Er lächelte ihr zu, als sie sich dem Tresen näherte.

»Irgendwie kommen Sie mir bekannt vor, junge Frau – ist es möglich, dass Sie hier schon mal zu Gast gewesen sind?«

»Moin, du frecher Kerl!«, sagte Mona. Sie stellte sich auf die Zehenspitzen und beugte sich vor, um ihm einen Kuss zu geben. Dann fuhr sie fort: »Ich weiß, dass ich dich vernachlässigt habe. Es war viel zu tun. Bist du sauer?«

»Jedenfalls bin ich noch nicht mit einer anderen Frau durchgebrannt«, gab Jan augenzwinkernd zurück. Er fragte: »Ein Bier für dich?«

»Da sage ich nicht nein.«

Mona pflanzte sich auf einen der Barhocker vor der Theke. Das Lokal war gut gefüllt, die Bedienung hatte alle Hände voll zu tun. Jan machte mit dem Zapfen weiter: »Wahrscheinlich bist du wegen dieser Mordserie im Stress, Mona. Wie viele Leichen wurden denn nun im Naturschutzgebiet gefunden? Drei oder vier?«

Die Ermittlerin rollte mit den Augen: »Warum nicht gleich dreißig oder vierzig? Ich nehme an, dass du diese ‚seriöse Information' aus den sozialen Medien hast.«

»Ja, aber ich habe sie nicht geglaubt«, stellte er klar.

»Und das ist gut so. - Früher gab es dieses Kinderspiel *Stille Post*, bei dem die ursprüngliche Nachricht immer weiter verzerrt wird. Heutzutage benutzt man dafür das Smartphone. - Es geht um ein einzelnes weibliches Mordopfer. Und ich bin eigentlich hierhergekommen, weil ich meinen Job für ein paar Stunden vergessen wollte.«

»Nur deshalb?«, fragte Jan betont unschuldig.

»Na ja, und das Bier schmeckt hier auch nicht schlecht«, fügte Mona lächelnd hinzu.

»Du bist leicht zufriedenzustellen.«

»Freue dich nicht zu früh, Süßer. Es kann sein, dass ich noch mehr von dir will.«

»Was könnte das wohl sein?«, erwiderte ihr Freund, obwohl er genau wusste, worauf dieses Geplänkel herauslaufen würde. Sie hatte schon bei ihrem Aufbruch bei der Polizeistation vorgehabt, die Nacht bei Jan zu verbringen. Und sie wusste genau, dass er nicht das Geringste dagegen haben würde. Es gab keinen anderen Mann, der es mit ihr schon so lange ausgehalten hatte wie er. Sie wusste, dass ihr Wesen nicht gerade leicht zu ertragen war. Umso glücklicher war Mona, dass Jan sie offenbar ernsthaft liebte.

So wie sie ihn.

Dieser Gedanke zauberte ein Lächeln auf ihre Lippen. Jan stellte ein Glas Bier vor sie auf den Tresen. Sie nahm es in die Hand und prostete ihm zu. Er ahnte gewiss, was ihr durch den Kopf ging. Darauf hätte sie wetten können.

»Es wird noch ein paar Stunden dauern, bis ich Feierabend machen kann«, warnte er. Die Kommissarin grinste und erwiderte: »Oh, ich sitze hier sehr gut. - Und falls mir langweilig wird, helfe ich Liane im Service.«

Sie deutete auf die Kellnerin, die gerade mit einem Tablett voller leerer Gläser herangeeilt kam. Die Bedienung hatte Monas Worte gehört und warf ihr einen dankbaren Blick zu.

»Was wird dein Chef sagen, wenn du einer nicht genehmigten Nebentätigkeit nachgehst?«, fragte Jan augenzwinkernd.

»Was Oltbeck nicht weiß, macht ihn nicht heiß«, meinte sie, »und außerdem gehe ich nicht davon aus, dass du mir einen Lohn zahlen wirst. Und falls ich wirklich gegen geltendes Recht verstoße, verhafte ich mich im Notfall eben selbst.«

»Das will ich sehen.«

Die Kommissarin streckte ihm die Zunge heraus und nahm noch einen Schluck Bier.

*

Gegen zwei Uhr morgens lag Mona hellwach in Jans Bett. Trotz des hinter ihr liegenden anstrengenden Arbeitstages, des Alkohols und des Liebesspiels war sie überhaupt nicht müde. Den Grund dafür kannte sie nur allzu gut. Sie verabscheute ungelöste Rätsel. Und davon gab es momentan für ihren Geschmack einfach zu viele. Vielleicht konnten Marie Kruses Eltern wirklich ein Motiv für den Mord an ihrer Tochter liefern, aber die Klärung dieser Frage musste bis zum Dienstbeginn am nächsten Morgen warten. Und was war mit dem Lavendelduft in Ralf Wessels Kofferraum? Einen Zusammenhang mit den Verbrechen rund um die Kegler-Clique sah die Ermittlerin nicht, doch sie wollte auch diesen Kerl nicht einfach mit einer Straftat davonkommen lassen.

Jan schnarchte neben ihr. Schlafprobleme waren für ihn offenbar ein Fremdwort. Nach einem weiteren vergeblichen Versuch des Einschlummerns schlug Mona die Bettdecke zurück und stand auf. Sie schlüpfte in ihre Kleider und schlich aus der Wohnung, nachdem sie ihrem Freund noch einen Kuss auf die Stirn gegeben hatte. Ihr Fahrrad stand draußen. Der Sattel war nass von einem nächtlichen Regenschauer. Sie wischte ihn mit ihrem Jackenärmel ab und fuhr zu dem Haus, in dem Wessel mit seiner Mutter lebte.

Die Kommissarin hatte keinen konkreten Plan. Sie würde niemals einen Durchsuchungsbeschluss für das Auto des Verdächtigen bekommen – schon gar nicht aufgrund eines Duftes, den sie eigentlich gar nicht hätte wahrnehmen dürfen. Ihr Eindringen in die Garage war rechtlich höchst fragwürdig gewesen, das wusste sie selbst. Was hatte der Lavendelgeruch zu bedeuten? Wurde er durch ein teures Parfüm verursacht? Der Kriminalistin war bekannt, dass bei solchen hochwertigen Artikeln die Gewinnspanne sehr groß war.

Daher lohnten sich hier Nachahmerprodukte besonders – nicht nur für den Hersteller, sondern auch für den Verkäufer derartiger Fake-Ware. Ob Wessel ein Zwischenhändler war? Dank seines offiziellen Status als Frührentner hatte er genügend Zeit, um solche Duftwässerchen zu beschaffen - beispielsweise in den nahegelegenen Niederlanden, die man mit der Fähre innerhalb einer Stunde erreichen konnte.

Mona glitt auf ihrem Fahrrad im Leerlauf durch eine der nächtlich-stillen Borkumer Straßen. Im Haus der Wessels brannte kein Licht. Die Kommissarin war auf sich selbst sauer. Was hatte sie eigentlich erwartet? Dass Wessel eine wilde Verkaufsparty mit illegalen Waren veranstaltete, bei der sie die Straftäter einsammeln konnte wie überreifes Obst? Mona blieb im Sattel ihres Rades sitzen und lehnte sich unentschlossen gegen eine Mauer. Sollte sie hier warten – auf verdächtige Aktivitäten, die vielleicht während dieser Nacht überhaupt nicht mehr stattfinden würden? Während sie mit sich selbst uneins war, fiel ihr Blick auf einen Opel Corsa, der ein Stück weit vor Wessels Haus auf der gegenüberliegenden Straßenseite parkte. Der Wagen war in Regenbogenfarben lackiert. Sie stieg vom Rad, näherte sich dem Fahrzeug und richtete den Lichtstrahl ihrer Taschenlampe auf das Nummernschild. Es gab zahlreiche Urlauber, die mit ihrem eigenen PKW anreisten. Daher waren auswärtige PKWs auf der Insel nichts Ungewöhnliches. Die Borkumer hatten ausnahmslos ein Leeraner Kennzeichen. Das traf auch auf den Opel Corsa zu, der wegen seiner Lackierung unverwechselbar war.

Natürlich konnte es ein Zufall sein, dass das Auto nachts nur wenige Meter vom Haus der Wessels entfernt stand. Dies kam Mona allerdings sehr unwahrscheinlich vor: Ihrer Meinung nach stammte der Geruch in Wessels Kofferraum höchstwahrscheinlich von einem Parfüm und hier parkte die Inhaberin einer Parfümerie. Sie hätte den Verdächtigen am liebsten aus dem Bett geklingelt, aber dafür gab es keine Handhabe. Oltbeck würde ihr die Hölle heißmachen, wenn sie eine solche Aktion auf eigene Faust unternahm. Ihr kam eine bessere Idee. Mona schnappte sich wieder ihr Rad und fuhr zu ihrer eigenen Wohnung in der Walfangerstrate. Ihr Einfall begeisterte sie so sehr, dass sie tatsächlich wenig später einschlief und erst wieder von ihrem Wecker aus dem Schlaf gerissen wurde.

Kapitel 13

Am nächsten Morgen ging die Kommissarin wie gewohnt erst mit ihrer Dogge spazieren, bevor sie pünktlich zum Dienstbeginn auf der Wache erschien. Es fiel ihr nicht leicht, ihr Vorhaben zunächst für sich zu behalten. Enno durchschaute sie natürlich: »Man könnte meinen, dass du etwas im Schilde führst.«

»Lass dich überraschen«, erwiderte sie lächelnd, wurde aber sofort wieder ernst: »Wollen wir jetzt bei Marie Kruses Eltern anrufen?«

Der Ostfriese nickte. Die Festnetznummer des Ehepaars war ihnen inzwischen bekannt. Mona tippte die Zahlenfolge in das Tastaturfeld ihres Telefons. Für die meisten Angehörigen schien es erträglicher zu sein, von einer Polizistin angerufen zu werden – obwohl nach Ansicht der Kommissarin ihr Kollege über mehr Einfühlungsvermögen verfügte als sie selbst. Sie spürte ihre eigene Anspannung, während das Freizeichen ertönte. Es ließ sich niemals einschätzen, wie die Kontaktaufnahme mit den Eltern einer Ermordeten verlaufen würde.

»Rita Kruse.«

Das Gespräch wurde von einer älteren Frau angenommen, zumindest ließ die Stimme darauf schließen.

»Moin, mein Name ist Sander. Ich bin Kommissarin bei der Polizei Borkum. - Spreche ich mit der Mutter von Marie Kruse?«

Die Frau am anderen Ende der Telefonleitung schnappte hörbar nach Luft. Ob sie um ihre Fassung rang? Auf jeden Fall kam es der Ermittlerin so vor.

»Ja, das bin ich. - Gibt es etwas Neues? Ihr Kollege konnte uns nur mitteilen, dass meine Tochter … dass sie ...«

Rita Kruse begann zu weinen. Mona gab ihr einige Momente, um sich zu beruhigen.

»Ich möchte Ihnen meine aufrichtige Teilnahme aussprechen«, versicherte die Kommissarin. »Wir arbeiten mit Hochdruck daran, das Verbrechen aufzuklären. Fühlen Sie sich dazu in der Lage, einige Fragen zu beantworten?«

»Ja, Frau Sander. Allerdings weiß ich nicht, wie ich Ihnen helfen soll. Ich war ja nicht dabei, als es … geschehen ist.«

»Nein, aber mit Ihrer Unterstützung können wir uns ein umfassendes Bild machen«, erklärte Mona. Dann fügte sie hinzu:

»Wir würden Sie das Verhältnis Ihrer Tochter zu den übrigen Mitgliedern des Kegelvereins beschreiben?«

»Ich weiß nicht, was Sie meinen. Das Kegeln war Maries Hobby, die Truppe hat sich einmal die Woche getroffen. Außerdem gab es noch gelegentliche gemeinsame Freizeitaktivitäten, so wie diese Tour nach Borkum.«

Die Kommissarin war erleichtert darüber, dass Rita Kruse nicht komplett von ihrem Schmerz überwältigt wurde und vernünftige Antworten gab. Vielleicht half der Mutter auch die Vorstellung, dass sie sich an der Jagd nach dem Verantwortlichen beteiligen konnte.

»Wie stand Marie zu dem Vereinschef?«, wollte Mona wissen.

»Sie hat gelegentlich mal erwähnt, dass Norbert Vogt sich selbst für äußerst wichtig hält und gern den großen Macher spielt. - Warum erkundigen Sie sich speziell nach ihm? Hat er etwas mit Maries Tod zu tun?«

Die Kommissarin wich aus: »Wir versuchen nur, möglichst viel über Ihre Tochter und ihr Umfeld zu erfahren. Ist Ihnen bekannt, ob sie einen Freund hatte?«

»Darüber weiß ich nichts, obwohl ich es gern erfahren hätte. Aber Marie sagte einmal, dass sie mit mir nicht über ihr Liebesleben reden wolle«, erwiderte Rita Kruse zögernd. Falls dies stimmte, dann hatte Mona dafür vollstes Verständnis. Auch ihr wäre es unangenehm gewesen, mit ihrer eigenen Mutter über Jan und dessen Vorzüge und Nachteile zu sprechen. Mit Schaudern erinnerte sie sich an Dagmar Sanders Besuch auf Borkum, als ihre Mutter versucht hatte, Enno zu verführen … Mona verdrängte den Gedanken und wandte sich erneut an Rita Kruse: »Ist Ihnen in letzter Zeit bei Ihrer Tochter eine Stimmungsveränderung aufgefallen? Kam sie Ihnen ängstlich oder bedrückt vor?«

»Denken Sie, dass der Täter schon länger hinter Marie her war?«, lautete die Gegenfrage der Mutter.

»Wir müssen alle Möglichkeiten in Erwägung ziehen.«

Nachdem Mona diesen Satz gesagt hatte, herrschte eine Weile Stille. Im Hintergrund konnte man das Verkehrsrauschen in Wuppertal hören. Der Kommissarin wurde wieder einmal bewusst, wie sehr sie auf der weit vor der Küste liegenden Insel von einer solchen Geräuschkulisse entwöhnt war. Natürlich vernahm man auf Borkum auch gelegentlich Motorengeräusche von PKWs und

Lastern, aber im Vergleich zu einer Großstadt war es meist eher ruhig – abgesehen natürlich vom Anbranden der Wellen am Strand und vom Kreischen der Möwen.

»Ich weiß nicht, ob das wichtig ist«, begann Rita Kruse, »aber vor ungefähr einem halben Jahr war Marie wie ausgewechselt. Sie wurde schreckhaft und dünnhäutig, reagierte beim kleinsten Anlass gereizt. Mein Mann und ich versuchten natürlich, der Sache auf den Grund zu gehen. Aber sie wich uns aus. Ich bin sicher, dass etwas geschehen war, über das sie mit uns nicht reden wollte. Nach und nach besserte sich ihr Zustand. Es heißt ja, die Zeit würde alle Wunden heilen. Vielleicht hatte Marie einfach nur Liebeskummer, das nahmen wir jedenfalls an.«

Was ist vor sechs Monaten geschehen? Die Kommissarin musste unbedingt die Antwort auf diese Frage in Erfahrung bringen. Dann würde sich hoffentlich schnell herausstellen, ob es einen Zusammenhang mit dem jetzigen Mord gab. Mona bedankte sich zunächst bei Rita Kruse: »Ihre Informationen waren hilfreich. Falls Ihnen noch etwas einfällt oder Sie mehr über die Ermittlungen erfahren wollen, können Sie mich jederzeit kontaktieren.«

Sie nannte noch ihre Mobilnummer, unter der sie rund um die Uhr direkt erreicht werden konnte. Dann beendete die Kriminalistin das Telefonat. Enno hatte alles mitgehört, da der Lautsprecher eingeschaltet war. Er sagte: »Wie du weißt, bin ich kein Freund der sozialen Medien. Aber es könnte nichts schaden, wenn wir einen Blick auf die Internetpräsenz des Kegelclubs werfen. Vielleicht finden wir dort einen Hinweis darauf, was sich vor einem halben Jahr ereignet haben könnte. Natürlich sollten wir auch die Vereinsmitglieder befragen - wobei ich bezweifle, ob wir von ihnen unbedingt die Wahrheit aufgetischt bekommen.«

»Ja, da sind Zweifel angebracht«, stimmte Mona zu. Sie ging zu ihrem Kollegen hinüber, der bereits die Internetpräsenz von *Gut Holz* betrachtete.

»Alles schön chronologisch geordnet, so mag ich es«, meinte der Oberkommissar lächelnd, während er sich durch Fotos von Vereinsfesten und Kegelabenden kämpfte. Offenbar machten die Kegler öfter gemeinsame Ausflüge. Vor sechs Monaten waren sie im Weserbergland gewesen. Ein Gruppenfoto zeigte Vogt, Elsa Blank, Achim Wollmann und die anderen, wie sie lächelnd vor einem urig aussehenden Fachwerkgasthof standen. Am Bildrand konnte man das Heck des vereinseigenen Kleinbusses erkennen.

»Vogt hat seinen Arm um Maries Schultern gelegt«, stellte Enno fest.

Die Kommissarin erwiderte: »Ja, das ist mir auch aufgefallen. Vielleicht war es ja nur eine freundschaftliche Geste ...«

»So wie bei dir, wenn du mir in die Wange kneifst?«, hakte der Ostfriese augenzwinkernd nach.

»Fordere mich nicht heraus!«, rief sie lachend und knuddelte seine Ohren. »Nein, ernsthaft: Vogt könnte Marie bei dieser Vereinstour zu nahe gekommen sein. Das wäre eine Erklärung für die Veränderung, die ihre Mutter bei ihr bemerkt hat.«

»Später soll sich Maries Gemütslage aber wieder normalisiert haben«, gab der Ermittler zu bedenken.

»Ja, nach außen hin. - Und wenn Vogt auf Borkum erneut sein Glück bei Marie versucht hat? Die beiden sind schließlich zusammen mit den anderen Keglern in einem Ferienhaus untergebracht, da kann sich leicht eine Gelegenheit ergeben haben«, sagte Mona.

»Einverstanden, aber aus welchem Grund hätte Vogt Marie mit der Textnachricht in die Schutzhütte locken sollen?«, fragte Enno.

Sie erwiderte: »Nehmen wir einmal an, dass Vogt über Maries Eifersucht auf Elsa Blank Bescheid wusste. Als Vereinsvorsitzender bekommt er wahrscheinlich viel über das Privatleben seiner Kegler mit, zumindest ist das nicht völlig unrealistisch. Er konnte also davon ausgehen, dass sie sich zu diesem Ort begeben würde. - Nun könnte man darüber rätseln, warum Vogt eine Frau getötet hat, auf die er eigentlich scharf war ...«

»Dazu hast du garantiert eine Annahme parat«, vermutete der Oberkommissar.

Mona meinte: »Ja – es wäre doch möglich, dass Marie Vogt erpresst hat! Vielleicht befand sich Material in ihren Händen, mit dem sie ihm die Hölle heißmachen konnte. Er ist immerhin verheiratet – und außerdem ein braver Bürger, der gewiss keine Strafanzeige wegen sexueller Belästigung oder Ähnlichem gebrauchen kann.«

»Es wäre gut, wenn wir Aussagen von anderen Keglern bekommen könnten, die den Verdacht gegen Vogt erhärten«, gab Enno nachdenklich zurück. Er fügte hinzu: »Ich kann mir auch vorstellen, dass Marie den Vereinschef unter Druck gesetzt hat. Wenn wir dies beweisen könnten, hätten wir ein höchst glaubwürdiges Mordmotiv.«

»Und das ganz ohne rote Würfel«, murmelte die Kommissarin. Der Sinn dieser an den Tatorten platzierten Gegenstände war ihr völlig schleierhaft, seit sich die Anspielung auf Torsten Mojes Spielsucht als nicht zutreffend erwiesen hatte. Aber vielleicht brannte der Täter ja bewusst nur Nebelkerzen ab, weil er die Polizei in die Irre führen wollte? Und – war Vogt ein solcher Plan zuzutrauen? Sie wurde von dem Gefühl beschlichen, ein wichtiges Detail einfach übersehen zu haben. Ennos Stimme riss Mona aus ihren Überlegungen: »Oltbeck wird erfahren wollen, wie wir mit der Mordermittlung vorankommen.«

»Ja, das befürchte ich auch«, erwiderte sie. Wenig später saßen die Kommissare im Büro des Dienstellenleiters und brachten ihn auf den neuesten Stand. Die Kriminalistin konnte mittlerweile von den Gesichtszügen des Chefs recht gut ablesen, was in seinem Kopf vorging. Es gefiel ihm offenbar, dass es jetzt in der Person von Vogt einen Hauptverdächtigen gab, der von einer Zeugin in der Nähe des Tatorts gesehen worden war. Andererseits schätzte Oltbeck es überhaupt nicht, dass es für das Mordmotiv noch keinen Beweis gab: »Es ist ja durchaus möglich, dass dieser Kerl Marie Kruse vor einem halben Jahr zu nahe getreten ist. Aber für ihre trübe Stimmung kann es ganz andere Gründe gegeben haben – Stress bei der Arbeit, unglückliche Liebe … irgendetwas. Es wäre gut, wenn andere Kegler Ihre Vermutungen bestätigen könnten, Frau Sander.«

Das ist mir auch klar, dachte die Kommissarin verdrossen. Sie sagte: »Die nächste Befragung durch uns will Vogt nur in Gegenwart eines Rechtsanwalts über sich ergehen lassen. Wir werden versuchen, bis dahin weitere Aussagen über ihn und sein Verhältnis zum Mordopfer zu bekommen. Jemand *muss* bemerkt haben, wenn Vogt sich an die Frau herangemacht hat.«

»Natürlich dürfen Sie nicht vergessen, weiterhin Elsa Blank im Blickfeld zu behalten«, erinnerte der Chef gönnerhaft, »sie wurde zwar nicht von Ihrer Augenzeugin bemerkt, aber sie könnte einen Komplizen haben.«

Den müssten wir erst einmal finden! Diese Feststellung behielt Mona für sich. Sie nickte lediglich ernsthaft, als ob die Worte des Hauptkommissars eine willkommene Offenbarung für sie wären.

Enno schaute auf die Uhr und sagte: »Wenn die Kegler wieder so lange schlafen wie gestern, dann können wir sie alle in einer Stunde beim Frühstück antreffen.«

»Gut, dann tun Sie das! Wenn Vogts Strafverteidiger merkt, dass wir viel gegen seinen Mandanten in der Hand haben, dann könnte er versuchen, den Mörder zu einem Geständnis zu bewegen.«

Mit diesen Worten beendete Oltbeck die kurze Unterredung. Als die Kommissare in ihr Büro zurückgekehrt waren, klingelte das Telefon. Ein Techniker vom kriminaltechnischen Labor Oldenburg war am Apparat. Die Tatwaffe war noch am Vortag per Express aufs Festland geschickt worden. Leider gab es kein Ergebnis, das die Ermittlungen voranbrachte: Außer dem Blut des Opfers ließen sich weder Haare noch Hautreste anderer Personen auf dem Rohr nachweisen. Mona bedankte sich trotzdem und legte den Telefonhörer wieder auf.

»Ich brauche jetzt dringend ein Erfolgserlebnis«, gestand sie. »Begleitest du mich in eine Parfümerie?«

Mit dieser Frage hatte der Ostfriese offenbar nicht gerechnet.

»Willst du einen Frustkauf tätigen, Mona?«

»Warte es einfach ab.«

Kapitel 14

In der Franz-Habich-Straße reihten sich zahlreiche beliebte Geschäfte und Restaurants aneinander. Auch Marlene Rückerts Parfümerie profitierte von dieser zentralen Lage unweit des Inselbahnhofs. Die Kommissare kannten die Inhaberin persönlich, weil sie vor längerer Zeit in ihrem Laden einen Taschendieb auf frischer Tat ertappt hatten. Marlene Rückert war eine Dame Anfang fünfzig, die an diesem Morgen ein hellgraues Kostüm trug. Ihr Hals wurde von einer echt aussehenden Perlenkette geschmückt. Sie begrüßte die Ermittler mit einem freundlichen Lächeln.

»Moin, ihr beiden! Was kann ich für euch tun?«

»Ich interessiere mich für einen exquisiten Lavendelduft«, behauptete Mona, »mir fällt nur der Name des Parfüms nicht mehr ein.«

»Das ist nicht schlimm, dafür hast du ja mich«, erwiderte die Geschäftsfrau mit einem gekünstelten Lachen. Sie zog ein Fläschchen aus dem Regal hinter sich und sprühte ein wenig von dem Duft auf das Handgelenk der Kommissarin. Mona schnupperte, dann sagte sie: »Wirklich betörend. Es ist vom *Original* wahrscheinlich kaum zu unterscheiden, oder?«

Marlene Rückerts Gesichtszüge verkrampften sich etwas. Mit erzwungener Ruhe erwiderte sie: »Ich weiß nicht, wovon du sprichst, Mona.«

»Dann muss ich wohl deutlicher werden. Wenn wir deine aktuellen Vorräte dieses Parfüms jetzt beschlagnahmen und zur chemischen Analyse ins kriminaltechnische Labor schaffen lassen – was wird wohl dabei herauskommen?«

»Wenn das ein Scherz sein soll, kann ich nicht darüber lachen«, erwiderte die Inhaberin. Sie hielt sich mit beiden Händen an der Ladentheke fest, als ob sie umzufallen drohte. Momentan waren keine Kunden anwesend, daher konnte die Kommissarin ihren Verdacht ganz offen vorbringen. Marlene Rückerts Reaktion zeigte ihr, dass sie auf dem richtigen Weg war. Und Mona schlug weiterhin in die gleiche Kerbe: »Wir wissen von deiner *Geschäftsbeziehung* zu Ralf Wessel. Und Produktpiraterie ist übrigens kein Kavaliersdelikt.«

Bisher handelte es sich nur um einen vagen Verdacht, aber die Ermittlerin wollte Marlene Rückert aus der Reserve locken. Und das gelang ihr auch. Als die Inhaberin wieder den Mund öffnete, klang ihre Stimme hart und metallisch: »Ich habe mir nichts zuschulden kommen lassen.«

Noch leugnete sie, darüber wunderte die Kommissarin sich nicht. In ihren Augen war Marlene Rückert keine hartgesottene Kriminelle. Vielleicht glaubte sie wirklich, durch ihre Handlungen keinen Schaden anzurichten. Die Ermittlerin hatte trotzdem nicht vor, die Augen vor dem Gesetzesverstoß zu verschließen. Es wäre unfair gegenüber den Konkurrenten gewesen, die ihre Produkte bei offiziellen Herstellern ehrlich erwarben. Mona zeigte auf die Parfümflasche: »Auch die Käufer von gefälschter Markenware machen sich strafbar, ist dir das bewusst? Wenn du deine Produkte nicht aus dem Großhandel, sondern aus Wessels Kofferraum beziehst, dann wirst du dich dafür verantworten müssen.«

Die Miene der Geschäftsinhaberin wirkte nun wie versteinert. Sie schien abzuschätzen, wie viel die Polizei schon über ihre Aktivitäten wusste. Schließlich atmete sie tief durch.

»Ralf hat mich um den kleinen Finger gewickelt«, behauptete sie. Wollte Marlene Rückert die gesamte Schuld auf ihren Komplizen schieben? Für die Kommissarin war entscheidend, die Wahrheit ans Tageslicht zu bringen.

»Erzähl uns doch einfach, wie du mit Ralf Wessel zusammengekommen bist«, forderte sie. Marlene Rückert machte einen verlegenen Eindruck, als sie antwortete: »Mein Leben besteht fast nur aus Arbeit. Es ist nicht einfach, ganz allein einen solchen Laden zu führen. Angestellte kann ich mir nicht leisten. Man hört immer wieder, dass die Gewinnspanne bei Kosmetikprodukten so groß wäre. Das stimmt auch – sofern die Kunden überhaupt etwas kaufen. Aber viele Urlauber kommen nur herein, um sich umzuschauen oder eine Gratisprobe mitzunehmen. Und davon habe ich überhaupt nichts.«

»Dieses Problem haben die Mitbewerber aber auch«, gab Enno zu bedenken. Die Inhaberin schaute ihn an, als ob sie seine Anwesenheit erst jetzt wahrnehmen würde. Dabei konnte man den wuchtigen Ostfriesen unmöglich übersehen. Sie ging nicht auf seine Worte ein, sondern wandte sich wieder an Mona. Vielleicht hoffte Marlene

Rückert, von einer Frau eher verstanden zu werden. Sie fuhr fort: »Ralf kam gelegentlich herein, um ein Pflegeprodukt für seine Mutter zu kaufen. Er blieb immer etwas länger, als es nötig gewesen wäre. Wir plauderten ein wenig, er machte mir Komplimente. Ich gebe zu, dass ich mich in ihn verliebt habe.«

»Das ist schön«, meinte die Kommissarin, »und wie kam es nun zu dem Handel mit dem Lavendelparfüm?«

Marlene Rückert nahm die Duftwasserflasche in die Hand und sagte: »Diese Marke ist schon im Einkauf sündhaft teuer. Den Menschen sitzt das Geld nicht mehr so locker wie in früheren Zeiten. Ich stecke in der Zwickmühle. Wenn ich größere Mengen bei meinem Großhändler erwerbe, muss ich dafür Unsummen hinblättern. Diese Marke ist äußerst beliebt, aber um auf meine Kosten zu kommen, muss ich sie entsprechend teuer anbieten.«

Sie senkte den Kopf. Ein Paar, bei dem es sich offenbar um Urlauber handelte, betrat das Geschäft. Die Inhaberin begrüßte die beiden. Die Touristen hielten offenbar Mona und Enno für Kunden und wollten nicht warten. Jedenfalls gingen sie gleich darauf wieder hinaus.

»Wo kommt jetzt Wessel ins Spiel?«, fragte der Ostfriese. Die Inhaberin antwortete: »Ralf lud mich eines Abends nach Ladenschluss zu einem Cocktail auf der Promenade ein. Es war wunderschön und romantisch, wir schauten uns den Sonnenuntergang über der Nordsee an. Ralf machte mir das Angebot, dieses Parfüm hier für einen Drittel meines bisherigen Einkaufspreises kriegen zu können. Entsprechend günstig würde ich es dann an meine Kunden verkaufen.«

Mona ergänzte: »Und trotzdem wäre dein Gewinn höher als bisher.«

»Ich war wie Wachs in Ralfs Händen«, beteuerte Marlene Rückert. Sie wollte sich selbst offenbar als ein Opfer von Wessels Manipulation darstellen. Dies könnte zeitweise wirklich so gewesen sein, dachte die Kommissarin. Trotzdem hätte der Inhaberin bewusst sein müssen, dass sie gegen geltendes Recht verstieß. Marlene Rückert sprach weiter: »Ralf holt regelmäßig Ware aus Holland. Jetzt kam es darauf an, mir das Parfüm möglichst unauffällig zukommen zu lassen. Natürlich durfte niemand davon Wind bekommen, vor allem nicht meine Konkurrenz. Allein hier in der

Franz-Habich-Straße gibt es ja drei weitere Geschäfte, die ein ähnliches Sortiment anbieten. Über all diese Dinge hatte Ralf sich schon Gedanken gemacht. Er überrumpelte mich förmlich, ich konnte einfach nicht mehr Nein sagen ...«

»Das haben wir allmählich kapiert«, gab Mona ungeduldig zurück. »Und wie lief die Übergabe nun konkret ab?«

»Ich parkte mein Auto unweit des Hauses von Ralfs Mutter«, lautete die Antwort. »Er schärfte mir ein, den Kofferraum nicht abzuschließen. Ihr kennt die Gegend, nachts ist es dort sehr ruhig. Wenn die Nachbarn erst ins Bett gegangen sind, muss man keine Zeugen befürchten. Durchgangsverkehr gibt es so gut wie gar nicht. Am nächsten Morgen habe ich dann meinen Wagen geholt. Das Parfüm befand sich im Kofferraum. In der Straße gibt es mindestens sechs Ferienhäuser. Niemandem fällt auf, wenn dort ein PKW steht, der nicht zu den Anwohnern gehört.«

Die Ermittlerin musste zugeben, dass diese Methode theoretisch idiotensicher war. Ob sie selbst Wessel jemals auf die Schliche gekommen wäre, wenn sie nicht in seiner Garage nach Wollmann geschaut und dabei den intensiven Lavendelgeruch im Kofferraum bemerkt hätte? Eine der Flaschen musste beim Transport kaputtgegangen sein. Es konnte höchstens ein paar Minuten gedauert haben, das gefälschte Parfüm in Marlene Rückerts Auto umzuladen. Wenn dies nachts geschehen war, würde niemand etwas bemerkt haben. Und warum war die Motorhaube von Wessels Mutters PKW noch warm gewesen, als Mona verbotenerweise in seiner Garage geschnüffelt hatte? Diese Frage ließ sich leicht beantworten, nachdem die Kommissarin die Zusammenhänge kannte: Wessel war vermutlich gerade mit der letzten Fähre des Tages aus Holland gekommen und hatte das Parfüm kurz vor dem Erscheinen der Kommissare umgeladen. Ob er noch andere Kunden belieferte? Mona fand, dass sie für den Moment genug erfahren hatte. Sie sagte: »Der Zoll wird sich mit dir in Verbindung setzen. An deiner Stelle würde ich die illegal erworbenen Parfümsorten sofort aus dem Sortiment nehmen. Falls eine Kundin erkrankt, weil sie sich mit so einem Zeug eingedieselt hat, bekommst du richtig Ärger.«

Marlene Rückert war während des Polizeibesuchs sehr blass geworden. Sie ließ die letzten Sätze der Kommissarin unkommentiert.

»Diese Flasche ist beschlagnahmt«, sagte Mona und nahm das Duftwasser an sich. Sie tat es in einen Beutel für Beweisstücke. Dann verließen die Ermittler die Parfümerie.

»Die Frau hat mir fast leidgetan«, meinte Enno, als sie zur Polizeistation zurückkehrten. Seine Kollegin erwiderte: »Für meinen Geschmack hat sie zu sehr auf die Tränendrüse gedrückt und sich als willenloses Wesen in Wessels Händen dargestellt. - Wir leiten jetzt den Vorgang an die Kollegen vom Zoll weiter und konzentrieren uns ganz auf den Mordfall.«

Von der Wache aus rief sie einen der zuständigen Zollfahnder an, schilderte ihm die bisher bekannten Fakten und wünschte noch einen schönen Tag. Dann ging Mona zu Grietje, die bereits auf ihrem Posten im Wachlokal saß: »Dieses Parfüm ist ein Beweisstück in einem Schmuggelfall. Brake vom Zoll kommt nachher vorbei und holt es ab. Und komm nicht auf die Idee, dich mit der Substanz einzusprühen. Die Flüssigkeit könnte gefährlich sein.«

»Du weißt doch, wie vernünftig ich bin«, erwiderte die Polizeimeisterin und fügte hinzu: »Brake? Das ist doch dieser Hübsche mit den braunen Haaren, oder?«

»Schönheit liegt bekanntlich im Auge der Betrachterin«, erwiderte Mona augenzwinkernd.

Kapitel 15

Die Kommissare hielten sich nicht lange in der Polizeistation auf, sondern fuhren zum Ferienhaus der Kegler. Ihnen wurde von Rudi geöffnet. Er wirkte verkatert, seine Gesichtshaut war fahl, die Augen blutunterlaufen.

»Hatten Sie eine harte Nacht?«, fragte Mona betont unschuldig, nachdem sie einen guten Morgen gewünscht hatte.

»Norbert lässt Ihnen ausrichten, dass er ohne seinen Anwalt nicht noch einmal mit Ihnen sprechen möchte«, murmelte der Kegler.

»Das macht nichts – wir möchten heute ohnehin mit Ihnen und Ihren übrigen Vereinskameraden reden«, gab die Kommissarin zurück. »Sie haben doch nichts zu verbergen, oder?«

Rudi wirkte ihrer Meinung nach besorgt – aber aus welchem Grund? Steckte er mit Vogt unter einer Decke? Teilte der Vereinschef ein dunkles Geheimnis mit den Kegelbrüdern und -schwestern? Oder war es umgekehrt so, dass Rudi sich vor Vogt fürchtete – weil er ihm nämlich einen Mord durchaus zutraute? Der Kegler nagte nervös an seiner Unterlippe. Er hatte offenbar vor kurzem geduscht, jedenfalls war sein Haar noch feucht. Rudi trug orangefarbene Bermudashorts und ein weißes T-Shirt. Mona sog hörbar die Luft durch ihre Nasenlöcher: »Es duftet nach Kaffee, spendieren Sie uns eine Tasse?«

Bevor Rudi etwas erwidern konnte, war sie an ihm vorbei ins Ferienhaus getreten und hatte die geräumige Küche angesteuert. Dort saßen Vogt und einige andere Kegler beim Frühstück. Als der Vereinsvorsitzende die Kommissarin erblickte, zuckte er wie unter einem Stromschlag zusammen.

»Moin, Herr Vogt», grüßte sie fröhlich. »Wir sind jetzt nicht wegen Ihnen hier. Wir möchten mit Rudi einen Kaffee trinken. Vielleicht ist es besser, wenn mein Kollege und ich dabei ungestört sind.«

Vogt warf ihr einen Blick voller Widerwillen zu, verstand aber den Wink mit dem Zaunpfahl. Er erhob sich, nahm seinen Becher und gab den anderen Anwesenden ein Zeichen. Auch sie zogen sich zurück, vermutlich ins Wohnzimmer oder auf die Terrasse. Enno und Rudi hatten inzwischen ebenfalls die Küche erreicht. Mona schloss die Tür und sagte: »So spricht es sich doch gleich viel ungestörter, finden Sie nicht?«

Rudi reagierte nicht sofort. Er goss für die Kommissare und sich selbst Kaffee in drei Becher. Dies gab der Ermittlerin Gelegenheit, ihn unauffällig zu mustern. Sie schätzte ihn auf Mitte vierzig. Er sah ein wenig verlebt aus, wie sie fand. Sein dunkelblondes Haar war schütter, seine Figur konnte am ehesten als schlaksig bezeichnet werden. An seiner Hand bemerkte sie keinen Ehering. Die Kriminalisten setzten sich an den Küchentisch, auf dem diverse Frühstückszutaten standen. Nachdem Rudi sie mit Kaffee versorgt hatte, fragte er: »Was wollen Sie eigentlich von mir?«

Mona nippte an ihrem Becher.

»Als wir uns das letzte Mal trafen, kamen Sie mir sehr erstaunt vor«, erwiderte sie und fuhr fort: »Nicht nur Marie Kruses Tod schien Sie überrascht zu haben – sondern auch, dass Norbert Vogt Ihnen dies zu verheimlichen versuchte.«

Rudi wich ihrem Blick aus und hüllte sich zunächst in Schweigen.

»Ich hätte gern Ihre vollständigen Personalien«, sagte Mona und schlug ihr Notizbuch auf. Er hieß Rudolf Kalkbrenner, wohnte in Wuppertal und arbeitete als Zerspanungsmechaniker. Sie notierte auch seine Mobilnummer. Nachdem diese Formalien geklärt waren, unternahm die Kommissarin einen neuen Anlauf: »Wollten Sie von Vogt gar nicht wissen, warum er so ein Geheimnis aus Marie Kruses Tod gemacht hat?«

»Doch, natürlich. Das hat keinen von uns kaltgelassen, Frau Sander. Das müssen Sie uns glauben. Norbert meinte, dass er nicht gewusst hätte, wie er uns diese furchtbare Neuigkeit schonend beibringen sollte. Und er wollte uns auch den Ausflug ins Ostland nicht verderben.«

Dies entsprach im Wesentlichen der Aussage, die der Vereinschef auch gegenüber den Polizisten gemacht hatte. Mona war damit überhaupt nicht zufrieden: »Hand aufs Herz, Herr Kalkbrenner – haben Sie Vogt diese Behauptung geglaubt?«

Rudi wand sich wie ein Aal: »Ich weiß nicht … wir wollten doch nur ein paar unbeschwerte Tage auf Borkum verbringen … wer rechnet denn damit, dass eine von uns hier getötet wird. Wahrscheinlich fehlten Norbert wirklich die passenden Worte, um uns Bescheid zu geben.«

Daran hatte die Kommissarin ihre Zweifel. Es kam ihr jedoch nicht sinnvoll vor, weiter auf diesem Punkt herumzureiten. Stattdessen fragte sie: »Wie würden Sie Vogts Verhältnis zu Marie Kruse beschreiben?«

Rudi umfasste seinen Kaffeebecher mit beiden Händen – so, als ob er befürchtete, dass er ihm entrissen werden könnte. Er starrte ins Innere des Trinkgefäßes.

»Hoffen Sie, dort eine Antwort zu finden?«, spottete Mona. Dann fügte sie mit harter Stimme hinzu: »Wir führen hier eine Morduntersuchung. Sie sollten uns gegenüber ehrlich sein. Früher oder später finden wir die Wahrheit sowieso heraus. Aber wenn Sie uns etwas verheimlichen, dann sitzen Sie ganz schnell in der Tinte.«

Nach Meinung der Kriminalistin war Kalkbrenner kein besonders selbstbewusster Mensch. Das schlechte Gewissen stand ihm förmlich ins Gesicht geschrieben, wie sie fand. Vermutlich befand er sich in einem Zwiespalt. Einerseits wollte er Vogt gegenüber loyal sein, andererseits fürchtete er sich vor der Polizei. Ihm war ja bekannt, dass es bereits einen Mordverdacht gegen den Vereinschef gab. Nun griff Enno in den Wortwechsel zwischen Mona und Rudi ein: »Sie müssen sich nicht wie ein Verräter fühlen. Wenn jemand etwas Unrechtes getan hat, dann sollten Sie ihn nicht decken. Das ist falsch verstandene Freundschaft.«

»Ja, das verstehe ich, Herr Moll. - Also, Norbert ist schon seit längerer Zeit hinter Marie her gewesen.«

Den letzten Satz sprach Rudi sehr leise aus. Und er drehte sich um – so, als ob er damit rechnete, dass Vogt plötzlich hinter ihm auftauchte. Doch das geschah nicht, der Zeuge war mit den Polizisten in der Küche allein.

»Können Sie uns das näher erläutern?«, bat Mona. Wieder einmal musste sie erkennen, dass Enno mit seiner entgegenkommenden Art mehr erreichte als sie mit ihrer Ruppigkeit. Kalkbrenner sprach zögernd weiter: »Norbert war schon begeistert von ihr, als sie das erste Mal zum Training kam und bald darauf unserem Verein beitrat. Er sagt immer, dass sie so eine erstklassige Keglerin sei. Aber das stimmt nicht. Sie ist – war - guter Durchschnitt, mehr nicht.«

»Also war Vogt nicht wegen ihrer sportlichen Leistungen an Marie Kruse interessiert«, vergewisserte die Kommissarin sich.

»Nee, das können Sie laut sagen«, erwiderte Rudi Kalkbrenner mit einem schiefen Grinsen auf den Lippen. Er taute allmählich auf, das konnte die Ermittlerin deutlich spüren. Der Zeuge fuhr fort: »Norbert ist verheiratet. Aber die Ehe ist nicht glücklich – das merkt jeder, der ihn kennt.«

»Warum lässt Vogt sich nicht scheiden?«, wollte Enno wissen. Rudi hob die Schultern: »Keine Ahnung, das müssen Sie ihn selbst fragen. - Seine Frau hat die Hosen an, so viel steht für mich fest. Ich hörte mal, dass sie durch eine Erbschaft viel vermögender ist als er. Wenn er auf den warmen Geldregen durch seine Gattin verzichten muss, schaut er wahrscheinlich in die Röhre.«

»Lassen Sie uns bei Marie Kruse bleiben«, verlangte Mona. »Was geschah bei der Tour ins Weserbergland, die Sie im März gemacht haben?«

Kalkbrenner wirkte überrascht: »Sie wissen davon?«

Nicht so viel, wie ich gern möchte, dachte die Ermittlerin. Doch sie tat so, als ob sie und ihr Kollege schon umfassend informiert wären: »Wir möchten erfahren, wie viel Sie mitbekommen haben.«

Der Zeuge kratzte sich im Nacken. Seinem Aussehen nach zu urteilen hatte er immer noch einen gewissen Restalkohol im Blut. Er schien jedenfalls ernsthaft in seinen Erinnerungen zu kramen, und öffnete wenig später wieder den Mund: »Norbert hatte für uns Zimmer in einem Landgasthof gebucht. Dort gab es auch Kegelbahnen, so dass wir unserem Sport ausgiebig nachgehen konnten. Achim war nicht von Anfang an dabei, er musste Überstunden machen und wollte mit dem Zug nachkommen. Der nächstgelegene Bahnhof ist in Hameln, der Gasthof befindet sich mitten im Nirgendwo. Dort kommt man nur mit dem Auto hin. Also fuhr Norbert in unserem Kleinbus los, um Achim abzuholen. Und er nahm Marie mit.«

Mona horchte auf. Sie spürte, dass sie jetzt an einem wichtigen Punkt angelangt waren. Sie hakte nach: »Also war Vogt mit Marie Kruse im Bus allein?«

»Ja, jedenfalls auf der Hinfahrt nach Hameln. - Wieso fragen Sie danach? Denken Sie, dass zwischen den beiden etwas gelaufen ist?«

»Wir sammeln nur die Fakten, Herr Kalkbrenner«, betonte die Kommissarin. Sie musste sich zusammenreißen, weil ihre Spannung stieg: »Wie spät war es, als die beiden aufbrachen?«

Rudi erwiderte: »Es muss nach zwanzig Uhr gewesen sein. An dem Abend herrschte mieses Wetter, es war dunkel und regnerisch. Ich habe nicht kapiert, warum Marie unbedingt mitwollte. Wir anderen waren mit Kegeln beschäftigt und freuten uns, nicht mehr vor die Tür zu müssen.«

Vermutlich hatte Marie es nicht abwarten können, ihren Achim in die Arme zu schließen. Vielleicht wollte sie die Gelegenheit auch nutzen, um Vogts Interesse an ihr abkühlen zu lassen. Ob sie ihm unter die Nase hatte reiben wollen, dass sie mit Wollmann liiert war? Darüber konnte Mona nur spekulieren. Immerhin wäre dies eine Erklärung für ihre Teilnahme an der Fahrt gewesen. Die Kommissarin forderte Kalkbrenner mit einer Handbewegung zum Weiterreden auf. Er sagte: »Ich habe nicht auf die Uhr geschaut, weil wir uns beim Kegeln so gut amüsiert haben. Irgendwann kehrten Marie und Norbert zurück. Sie hatten Achim dabei. Alle drei waren klatschnass und hatten miese Laune. Das entging uns natürlich nicht. Wir fragten, was geschehen sei. Das Navi im Kleinbus war wohl ausgefallen. Sie hatten sich verfahren und mussten irgendwo nach dem Weg fragen. Marie weinte, was ich etwas übertrieben fand. Ich meine, so etwas kann doch mal passieren, oder? Es war ja niemand verletzt worden. Und unser Vereinsbus hatte auch nichts abbekommen.«

Rudi schien wirklich zu glauben, was er den Kommissaren erzählte. Doch für Mona stellte sich die Situation völlig anders dar. Sie hatte jetzt zumindest eine vage Vorstellung davon, was sich während der Tour ins Weserbergland ereignet haben musste. Und warum Maries Verhalten danach so völlig verändert gewesen war. Es konnte möglich sein, dass die drei auf dem Rückweg falsch abgebogen waren. Doch dies war gewiss nicht der Grund für ihre Tränen gewesen.

»Wie ging es dann weiter?«, wollte Enno wissen.

»Wir blieben noch zwei weitere Tage in dem Landgasthof«, berichtete Rudi. »Marie hatte die meiste Zeit schlechte Laune, obwohl Achim sie aufzuheitern versuchte. Und Norbert tat auch alles, um die allgemeine Stimmung zu heben. Bei den meisten von uns gelang ihm das auch, nur Marie benahm sich merkwürdig.«

Mona stellte nun noch eine entscheidende Frage: »Wissen Sie, wo sich Vogt gestern zwischen neun und halb elf Uhr morgens aufgehalten hat?«

»Zeitweise war er beim Frühstück, aber ich habe ihn nicht immer gesehen«, antwortete Rudi. »Es geht hier zu wie im Taubenschlag, und ehrlich gesagt war ich um diese Uhrzeit noch nicht ganz wach. Also, die ganze Zeit über war er garantiert nicht in der Küche vom Ferienhaus. Vielleicht ging er noch einmal auf sein Zimmer oder nach draußen, ich weiß es nicht.«

Die Kommissarin hatte sich fleißig Notizen gemacht. Sie bedankte sich bei Kalkbrenner und bat ihn, einen anderen Kegler in die Küche zu schicken. Nach und nach befragten Mona und Enno die übrigen Frauen und Männer aus dem Verein, abgesehen von Vogt. Sie bestätigten in groben Zügen ausnahmslos Rudis Angaben: Marie Kruse hatte bei dem Ausflug ins Weserbergland gereizt gewirkt, als sie vom Hamelner Bahnhof zurückgekehrt war. Und keiner konnte sicher sagen, dass Vogt während der Tatzeit immer im Ferienhaus gewesen war.

Für diesen Herrn wird es allmählich eng, dachte die Ermittlerin grimmig. Sie fragte den Vereinschef: »Wann wird Ihr Rechtsanwalt auf Borkum eintreffen?«

»Heute Nachmittag, gegen 17 Uhr.«

»Dann kommen Sie bitte mit ihm zur Wache, sobald Sie sich mit ihm beraten haben, Herr Vogt. Es haben sich neue Gesichtspunkte ergeben, die wir mit Ihnen besprechen wollen.«

Kapitel 16

Als die beiden wieder im Auto saßen, klopfte Enno seiner Kollegin anerkennend auf die Schulter: »Ich bin stolz auf dich!«

»Wieso das denn? Ich habe doch gar nichts gemacht!«, gab sie entgeistert zurück.

»Ja, genau«, unterstrich der Ostfriese. »Nach deinem Gesichtsausdruck zu urteilen hättest du Vogt am liebsten den Kopf abgerissen. Stattdessen hast du ihn im besten Beamtendeutsch zu einem Verhör in Gesellschaft seines Rechtsbeistands vorgeladen – ganz so, wie es die Regeln verlangen. Oltbeck wäre auch stolz auf dich.«

»Den letzten Satz hättest du dir schenken können«, meinte sie lachend.

»Jedenfalls möchte ich dich auf einen Tee einladen«, bot der Oberkommissar an. »Es sah nicht so aus, als ob dir der Kaffee im Ferienhaus geschmeckt hätte.«

»Das hast du gut erkannt – es könnte aber auch daran liegen, was wir von Rudi Kalkbrenner erfahren haben«, gab sie zurück. Enno startete den Motor. Sie fuhren zur Randzelstraße und gingen ein paar Schritte bis zu *Mathildes Melkbudje*. Von dort aus hatten sie einen herrlichen Ausblick Richtung Südstrand. Mona suchte einen Tisch am Rand der Holzplattform, während ihr Kollege am Ausgabefenster zwei Becher Tee besorgte. Nachdem er sich zu ihr gesellt hatte, sagte er: »Du hast jetzt garantiert eine Vorstellung davon, was sich vor einem halben Jahr bei dem Ausflug ins Weserbergland ereignet hat.«

»Nicht bis ins letzte Detail, aber grundsätzlich schon«, erwiderte Mona. Sie nahm einen Schluck von der heißen Darjeeling-Mischung und fuhr fort: »Meiner Meinung nach hat Vogt die Situation ausgenutzt, als er im Kleinbus mit Marie allein war. Ob es wirklich zu einem sexuellen Übergriff gekommen ist? Das lässt sich schwer einschätzen. Noch liegt uns kein Obduktionsergebnis vor. Ich bezweifle allerdings, dass sich nach so langer Zeit auf der Leiche Hinweise auf ein solches Verbrechen finden lassen.«

»Da muss ich dir zustimmen. - Wenn deine Annahme stimmt, dann muss dies auf der Hinfahrt geschehen sein. Auf der Rückfahrt zum Landgasthof war ja Achim Wollmann dabei.«

»Ja, so ist es, Enno. Ob Marie sich später ihrem Freund anvertraut hat? Ich weiß es nicht. Immerhin wäre es möglich. Dies würde nämlich erklären, warum Vogt Wollmann durch einen Komplizen entführen ließ.«

»Dadurch hätte der Vereinschef einen Mitwisser gehabt«, gab der Oberkommissar zu bedenken. Sie erwiderte: »Ja, dieser Aspekt gefällt mir auch noch nicht. Aber wer außer Vogt sollte hinter dem Kidnapping stecken?«

»Diese Frage stelle ich mir auch«, meinte Enno. »Und mir ist schleierhaft, warum er erst Wollmann verschleppen lässt und dann Marie erschlägt.«

»Dazu habe ich eine Vermutung«, erklärte die Kommissarin und fuhr fort: »Gehen wir mal davon aus, dass Marie Vogt erpresst hat. Er sollte für das, was er ihr angetan hat, bezahlen. Vermutlich hatte sie irgendein Druckmittel in Händen. Der Vereinsvorsitzende ist nicht von gestern. Er wird mitbekommen haben, dass Marie und Wollmann ein Liebespaar waren. Er musste also befürchten, dass ihr damaliger Freund ebenfalls eingeweiht ist.«

»So weit kann ich dir folgen, Mona.«

»Und anscheinend empfindet ja Marie immer noch etwas für Wollmann«, meinte sie eifrig, »und dadurch wurde sie verletzlich. Vogt ließ also ihren Ex entführen und setzte ihr sinnbildlich die Pistole auf die Brust: ‚Wenn du mir Ärger machst, muss Achim dafür bluten‘. Doch das Kidnapping verlief nicht nach Plan. Meiner Meinung hat der Komplize Wollmann geschlagen und für tot gehalten. Er erschrak und floh. Vielleicht ist der Kerl schon gar nicht mehr auf Borkum, darüber können wir nur spekulieren. Doch Wollmann ist nicht tot, sondern verletzt. Er irrt am Strand entlang und hat sein Gedächtnis verloren. Nun muss Vogt befürchten, dass ihm die Felle wegschwimmen. Er braucht das Material, mit dem Marie ihn erpresst. Also schickt er ihr mit dem Einweghandy diese Nachricht: ‚Elsa ist ein Luder. Beweise? Hab ich. Komm zur Schutzhütte. - Eine Freundin‘.«

Der Ostfriese nickte langsam: »Ja, nach den Erfahrungen im Weserbergland hätte Marie sich gewiss nicht noch einmal allein mit Vogt getroffen. Also musste er sich als *eine Freundin* ausgeben, damit sie anbeißt. Und diese roten Spielwürfel wären also nur ein Ablenkungsmanöver gewesen, um uns in die Irre zu führen?«

»Ja, eine andere Funktion kann ich nicht erkennen. - Und ich frage mich, wie wir Vogt den Mord und die mutmaßliche Sexualstraftat nachweisen sollen. Direkte Tatzeugen gibt es nicht. Wenn Daphne Egger den Mörder nicht zufällig unweit der Schutzhütte gesehen hätte, würden wir mit leeren Händen dastehen.«

Enno hob den rechten Zeigefinger: »Nicht ganz. Du vergisst Wollmann. Es ist gut möglich, dass sein Gedächtnis wieder vollständig zurückkehrt. Dann wird er uns berichten können, was Marie ihm mitgeteilt hat.«

Mona runzelte die Stirn: »Richtig, und falls Vogts Komplize die Insel noch nicht verlassen hat, könnte er ins Krankenhaus schleichen und Wollmann für immer zum Schweigen bringen. Er braucht dringend Polizeischutz.«

Sie wollte zum Smartphone greifen, aber ihr Kollege hielt sie zurück: »Lass mich das machen, der Chef wird eher auf mich hören.«

Die Kommissarin musste Enno recht geben. Er hatte nicht nur einen höheren Rang als sie, sondern auch mehr Erfahrung. Außerdem war er der Stellvertreter des Dienststellenleiters, wenn dieser krank, im Urlaub oder aus anderen Gründen nicht einsatzfähig war. Hinzu kam, dass der erfahrene Kriminalist sich nicht so leicht aus der Ruhe bringen ließ. Mona hörte dem Telefonat mit halbem Ohr zu, während sie weiter über den Fall nachdachte. Es kam ihr immer noch so vor, als ob sie eine wichtige Sache übersehen hätte. Vogts Plan, Marie und Wollmann loszuwerden, hätte auch ohne die roten Würfel funktioniert. Unterschätzte sie diesen Mann? Hielt er noch Trümpfe in der Hand, von denen sie nichts wusste? Nach einer Weile bedankte Enno sich artig und steckte sein Mobiltelefon wieder weg.

»Erwartungsgemäß hat Oltbeck über unsere dünne Personaldecke gejammert, aber er schickt nun doch Britt in die Klinik, damit sie auf Wollmann achtgibt«, erklärte er. Diese Neuigkeit beruhigte Mona. Auf Polizeimeisterin Mölders war Verlass. Die Kommissare tranken ihren Tee aus und kehrten zur Wache zurück. Als sie das Gebäude betraten, warf Mona Grietje einen Blick zu. Die uniformierte Kollegin hatte sich nach ihrer letzten Begegnung stark geschminkt.

»War dein Zoll-Schwarm schon hier?«, fragte die Kommissarin.

»Ja, er bedankt sich für die Amtshilfe wegen dem gefälschten Parfüm. - Und ich habe heute Abend eine Verabredung!«

Bevor die Ermittlerin Grietjes Worte kommentieren konnte, kam Wessel in das Wachlokal gestürmt.

»Seid ihr von allen guten Geistern verlassen?«, wütete er. »Was fällt euch ein, Marlene gegen mich aufzuhetzen?«

Grietje beugte sich neugierig vor, aber Mona wollte lieber ungestört mit Wessel reden. Auf die Kommentare der frechen Polizeimeisterin konnte sie verzichten.

»Folgen Sie uns bitte in unser Büro«, sagte sie förmlich und machte eine einladende Handbewegung. Als Mona dorthin ging, beobachtete sie aus dem Augenwinkel, wie Grietje ihren Lidstrich nachzog. Vermutlich war sie gedanklich schon bei ihrem Treffen mit dem attraktiven Zollfahnder. Nachdem Enno und Wessel den Raum ebenfalls betreten hatten, schloss die Kommissarin die Tür und drehte sich zu dem Schmuggler um: »Sie haben es sich selbst zuzuschreiben, dass Ihnen jetzt Ärger ins Haus steht! Frau Rückert wollte nur ihr Gewissen erleichtern. Sie fühlte sich offensichtlich nicht wohl damit, gefälschte Markenware zu verscheuern.«

»Bisher hat sie damit aber einen schönen Gewinn gemacht«, maulte Wessel. Er gehörte offenbar zu den Menschen, die andere für ihr eigenes Fehlverhalten verantwortlich machen. In seinen Augen war nicht er selbst das Problem, sondern Mona und die Parfümerie-Besitzerin – weil nämlich die Ermittlerin sein Geschäftsmodell durchschaut und Marlene Rückert ein Geständnis abgelegt hatte. Während der Kommissarin diese Überlegungen durch den Kopf gingen, kam ihr plötzlich eine Idee. Sie deutete lächelnd auf ihren Besucherstuhl: »Nehmen Sie doch bitte Platz.«

Wessel blinzelte überrascht, was aus seiner Sicht nachvollziehbar war. Bisher hatte Mona sich ihm gegenüber sehr kratzbürstig gezeigt. Er schien ihrer plötzlichen Freundlichkeit nicht zu trauen. Trotzdem setzte er sich und schaute sie erwartungsvoll an.

»Der Zoll wird gegen Sie ermitteln, aus dieser Nummer kommen Sie nicht mehr heraus«, begann die Kommissarin, »dennoch können Sie Ihre Lage verbessern, indem Sie mit uns kooperieren.«

»Und wie soll das gehen?«, fragte Wessel misstrauisch.

»Sie sind doch öfter in den Niederlanden, nicht wahr?«

Er nickte. »Ja, ich fahre immer mit der Fähre nach Eemshaven.«

»Dann wissen Sie auch, wo man dort ein Einweghandy kaufen könnte.«

»Klar, ich kenne den Laden und den Besitzer. Es gibt auch nur einen beim Fähranleger in Eemshaven. - Aber ich habe so ein Gerät gar nicht,« gab Wessel zurück. Er wusste natürlich nicht, worauf sie hinauswollte.

Mona erklärte: »Wir möchten erfahren, ob in den letzten Tagen ein Deutscher so ein Mobiltelefon gekauft hat. Und wenn ja, wie die Person aussah.«

Nun kapierte der Ganove. Er setzte ein siegessicheres Lächeln auf und behauptete: »Das kriege ich hin, der Ladentyp vertraut mir. - Was springt für mich dabei heraus?«

»Ich kann dem Gericht nicht vorgreifen, aber Unterstützung für die Polizei kann man als tätige Reue werten. Ich werde jedenfalls gern aussagen, wie hilfreich Sie gewesen sind.«

»Die nächste Fähre kriege ich noch!«, rief Wessel und sprang tatendurstig auf.

Mona bremste ihn: »Nicht so eilig. - Ich gebe Ihnen meine Mobilnummer. Rufen Sie mich an, sobald Sie etwas erreicht haben.«

»Das werde ich tun, darauf können Sie Gift nehmen«, erwiderte der Schmuggler. Im nächsten Moment war er verschwunden. Enno schüttelte den Kopf: »Du kannst froh sein, dass Wessel sich nicht fragt, wie du ihm überhaupt auf die Schliche gekommen bist.«

»Ja, damit hast du zweifellos recht«, räumte Mona selbstkritisch ein, »aber falls Wessel wirklich herausfindet, dass Vogt dort ein Handy gekauft hat, wäre dies für unsere Ermittlungen ein solider Erfolg. - Ich kenne nämlich diesen holländischen Ladenbesitzer auch. Ich hab bei ihm mal eine Handyhülle gekauft. Er ist ein zwielichtiger Typ, der gegenüber der Polizei sofort dichtmacht. Das haben mir die niederländischen Kollegen erzählt, als das Gespräch mal auf ihn kam. Aber wenn Wessel bei ihm aufkreuzt und ein paar Fragen stellt, könnte er zugänglicher sein. Die beiden sind aus demselben Holz geschnitzt.«

»Es wäre wirklich hilfreich, wenn wir gegen Vogt mehr in der Hand hätten als sein löchriges Alibi und Daphne Eggers Beobachtung«, meinte Enno seufzend, »zumal sie sein Gesicht nicht gesehen hat.«

Das Telefon klingelte. Dr. Schenker vom gerichtsmedizinischen Institut Oldenburg rief an, um das Obduktionsergebnis durchzugeben. Leider brachte es den Ermittlern keine neuen

Informationen. Die Todesursache war ein Schlag auf den Kopf, ausgeführt mit einem runden stumpfen Gegenstand.

»Konnten Sie eventuell bereits verheilte Verletzungen im Intimbereich feststellen?«, fragte Mona nach.

»Nein, Frau Sander. Das wäre uns aufgefallen«, gab der Arzt zurück. Mit einer solchen Antwort hatte sie insgeheim schon gerechnet. Sie bedankte sich und beendete das kurze Gespräch. Da der Lautsprecher eingeschaltet war, hatte der Oberkommissar alles mitbekommen.

»Es ist nicht ideal, dass wir keine forensischen Beweise für Vogts Täterschaft haben«, sagte er. Mona seufzte und sagte: »*Nicht ideal* ist die Untertreibung des Jahrhunderts.«

Enno fuhr fort: »Ich will nicht als Schwarzseher erscheinen, aber dein Einsatz von Wessel als eine Art *Hilfspolizist* ist nicht unbedingt erfolgversprechend. Es mag ja sein, dass er und der Ladenbesitzer in Eemshaven dicke Freunde sind. Aber solche Einweghandys kannst du überall in den Niederlanden erwerben.«

»Das weiß ich auch«, erwiderte sie, »aber von Borkum aus ist das die nächstgelegene Verkaufsstelle. - Ich greife momentan eben nach jedem Strohhalm, um Vogt zu überführen. Falls du einen besseren Vorschlag hast – ich bin für alles offen.«

»Kam es dir so vor, als ob die anderen Vereinsmitglieder ihren Chef decken würden?«, fragte der Ostfriese.

»Eigentlich nicht«, erwiderte Mona. »Es wäre für ihn zu riskant, sein dunkles Geheimnis mit dem ganzen Club zu teilen. Wenn die anderen eingeweiht wären, hätten sie Vogt für die Tatzeit ein wasserdichtes Alibi gegeben, oder? Das ist aber nicht der Fall. Jede und jeder von ihnen hat mehr oder weniger zugegeben, den Vereinschef nicht die ganze Zeit über im Blickfeld gehabt zu haben. Vogt hätte also während oder unmittelbar nach dem Frühstück problemlos das Ferienhaus verlassen können, um in der Schutzhütte Marie zu treffen – und zu ermorden.«

Der Oberkommissar faltete die Hände über seinem imposanten Bauch und sagte: »Ob es uns gefällt oder nicht – wir brauchen ein Geständnis des Täters. Was wir ansonsten gegen ihn in der Hand haben, reicht leider nicht aus.«

Bevor seine Kollegin etwas erwidern konnte, wurde die Bürotür aufgerissen.

»Hier ist Besuch für euch«, rief Grietje. »Herr Vogt und sein Rechtsbeistand sind soeben eingetroffen und wollen euch sprechen!«

Kapitel 17

Vogts Strafverteidiger hieß Dr. Matthias Röttgen. Er war ein eleganter Herr Mitte fünfzig, der in seinem dunkelgrauen Nadelstreifenanzug auf der Urlaubsinsel etwas deplatziert wirkte. Aber er hatte sich natürlich nicht zu seinem Vergnügen nach Borkum begeben. Nachdem er mit den Kommissaren bekanntgemacht worden war, ließ er die Katze aus dem Sack: »Nachdem mein Mandant mir mitgeteilt hat, welches Delikt Sie ihm zur Last legen, bin ich höchst verwundert. Gibt es auch nur den geringsten Beweis dafür, dass Herr Vogt etwas mit dem bedauerlichen Tod von Marie Kruse zu tun haben könnte?«

Mona und Enno saßen nun Vogt und dessen Anwalt im Verhörraum gegenüber. Der Verdächtige wirkte auf die Kommissarin sehr selbstbewusst, was zweifellos auf Dr. Röttgens Anwesenheit zurückzuführen war. Die Ermittlerin kannte den Juristen nicht, aber das war auch gar nicht nötig. Er machte den Eindruck eines erfahrenen Verteidigers, der für seine Mandanten schon einige Schlachten vor Gericht geschlagen hatte. Der Oberkommissar belehrte Vogt zunächst über seine Rechte, wie es Vorschrift war. Dann sagte er: »Auf diesen Punkt kommen wir noch zu sprechen. Zunächst möchten wir Herrn Vogt zu den Ereignissen befragen, die sich vor einem halben Jahr im Weserbergland abgespielt haben.«

Während Enno diese Erklärung abgab, beobachtete Mona den Verdächtigen genau. Sie führte sich vor Augen, dass er unmöglich wissen konnte, wie viel sie und ihr Kollege bereits herausgefunden hatten. Die Erwähnung des damaligen Ausflugs schien Vogt jedenfalls nicht nervös zu machen. Konnte er so sicher sein, dass die Ermittler nicht auf die Wahrheit stoßen würden? Vogt flüsterte seinem Strafverteidiger etwas ins Ohr.

»Frau Kruse hat an dieser Kegelfahrt teilgenommen. Mein Mandant sieht keinen Zusammenhang mit den haltlosen Anschuldigungen, die Sie gegen ihn vorbringen«, erklärte Dr. Röttgen.

Der trägt ja ganz schön dick auf, dachte Mona. Sie sagte: »Was ist auf der damaligen Fahrt vom Gasthaus zum Bahnhof Hameln geschehen?«

»Nichts«, behauptete Vogt, nachdem er sich von seinem Anwalt durch ein Kopfnicken die Erlaubnis zum Sprechen geholt hatte. Er fuhr fort: »Marie und ich holten Achim Wollmann ab, der verspätet zu uns stieß. Das ist alles.«

»Sie haben Frau Kruse soeben beim Vornamen genannt«, stellte die Kriminalistin fest.

»Das ist bei uns Keglern so üblich, Frau Sander. Unter Sportkameraden geht es locker zu.«

Mona verzog ihre Lippen zu einem spöttischen Lächeln: »So ist das also. - War Marie Kruse also für Sie nicht mehr als eine *Sportkameradin*?«

Sie betonte das letzte Wort ganz besonders. Der Verdächtige öffnete schon den Mund, aber sein Rechtsanwalt kam ihm zuvor: »Ich weiß nicht, was diese Frage soll!«

»Wir versuchen nur, uns ein umfassendes Bild zu machen«, erwiderte sie und versuchte, möglichst harmlos zu wirken. In der Vergangenheit war es der Kommissarin schon öfter zugutegekommen, dass sie wegen ihrer geringen Körperlänge und ihrer im Vergleich zu Enno geringen Berufserfahrung unterschätzt wurde. So hatte sie schon so manchen Verdächtigen zu einem Geständnis bringen können. Doch diesmal saß ihr ein Strafverteidiger gegenüber, der offenbar mit allen Wassern gewaschen war.

»Ich habe Marie nicht anders behandelt als alle anderen Kegelschwestern und -brüder auch.«

Mona ließ diesen Satz von Vogt unkommentiert, da sie ihm nicht das Gegenteil beweisen konnte.

»Warum wollte Frau Kruse eigentlich mitkommen, als Sie Herrn Wollmann vom Bahnhof abgeholt haben?«, erkundigte sie sich.

»Daran kann ich mich nicht mehr erinnern«, lautete die Antwort.

»Wirklich nicht? Also wissen Sie auch nicht mehr, ob Sie die junge Frau zu der Fahrt eingeladen haben oder sie darum bat, Sie begleiten zu dürfen?«

Erneut wurde Vogt von Dr. Röttgen gebremst, der demonstrativ auf seine Armbanduhr schaute: »Ich kann ja verstehen, wie aufregend und ungewohnt es für Polizeibeamte auf Borkum sein muss, einen richtigen Mordfall aufzuklären – aber mir fehlt offen gestanden die Fantasie, um den Zusammenhang zwischen einem Ausflug ins Weserbergland und dem gewaltsamen Tod des Opfers auf dieser Insel zu erkennen.«

Vogt änderte seine Aussage: »Wenn ich jetzt genauer darüber nachdenke, dann glaube ich, dass Marie unbedingt mitfahren wollte.«

»Könnte das daran liegen, dass Marie Kruse und Achim Wollmann ein Liebespaar waren?«

Nachdem die Kommissarin diese Frage gestellt hatte, glaubte sie ganz kurz, so etwas wie Zorn in den Augen des Verdächtigen aufblitzen zu sehen. War er sauer, weil die Polizisten von der Beziehung Wind bekommen hatten? Oder galt seine Wut der Tatsache, dass Marie nun für immer unerreichbar geworden war? Es brachte nichts, darüber zu spekulieren. Doch Vogts Gefühle für das Mordopfer waren nach Monas Meinung der beste Schlüssel, um ihm ein Geständnis zu entlocken.

»Davon wusste ich nichts«, erwiderte der Verdächtige. Seine Stimme klang gepresst. Die Kommissarin hätte darauf wetten können, dass er immer noch eifersüchtig war – obwohl die junge Frau schon nicht mehr lebte.

»Es kann befreiend sein, das Gewissen zu erleichtern«, warf Enno ein.

»Ich habe mir nichts zuschulden kommen lassen!«, stieß Vogt hervor. Und nun geschah etwas Seltsames – Mona glaubte ihm plötzlich. Es gab natürlich keinen Beweis dafür, dass er die Wahrheit sagte. Aber was wäre, wenn die Kommissare völlig falsch lagen? Vogt war in den Augen der Ermittlerin nach wie vor kein Sympathieträger. Sie war überzeugt davon, dass er heimlich in seine *Sportkameradin* verknallt gewesen war. Aber was, wenn Vogt sich vor sechs Monaten *nicht* an ihr vergangen hatte? Wenn Maries Tod *nicht* auf sein Konto ging? Dr. Röttgens tiefe Stimme riss sie aus ihren Überlegungen: »Herr Vogt ist glücklich verheiratet. Haben Sie einen Beweis dafür, dass er sich dem Mordopfer jemals unangemessen genähert hat? Gibt es Zeugenaussagen, mit denen sich dies belegen lässt?«

Der Strafverteidiger schien die Antworten bereits zu kennen. Dass die Kommissare in diesem Moment nichts vorbringen konnten, war Wasser auf seine Mühlen. Dr. Röttgen erhob sich und sagte: »Da Sie offenbar nichts gegen meinen Mandanten in der Hand haben, schlage ich vor, dass wir hier nicht länger Zeit verschwenden. - Falls sich noch neue Hinweise ergeben sollten, können Sie mich unter dieser Telefonnummer erreichen.«

Mit diesen Worten legte er eine Visitenkarte auf den Tisch und erhob sich. Auch Vogt stand auf. Der Verdächtige wirkte nun nicht mehr ganz so kraftvoll wie beim Betreten des Raums. Es schien ihn mitgenommen zu haben, auf die Liebe zwischen Marie und Wollmann angesprochen worden zu sein. Doch dies war für Mona nur ein schwacher Trost.

»Es kommt mir vor, als ob der Anwalt mir einen Tritt in den Hintern verpasst hätte«, sagte sie, nachdem die Schritte der beiden Männer auf dem Flur verklungen waren.

»Da bist du nicht die Einzige«, erwiderte Enno. Er fügte hinzu: »Und das auf nüchternen Magen.«

Bevor der Oberkommissar auf die anstehende Mittagspause verweisen konnte, klingelte Monas Smartphone. Dr. Siemers war am Apparat.

»Herr Wollmann möchte Sie und Ihren Kollegen dringend sprechen, Frau Sander. Seine Erinnerung an das Kidnapping ist zurückgekehrt.«

Das war eine gute Nachricht für die Ermittler. Sie begaben sich sofort zum Krankenhaus. Auf dem Weg dorthin sagte Mona: »Dr. Röttgen wird Augen machen, wenn wir ihm die Zeugenaussage des Entführungsopfers präsentieren.«

»Freu dich nicht zu früh«, warnte der Ostfriese. »Erinnere dich an Daphne Eggers Aussage. Als sie Vogt bemerkte, trug er zuerst eine Maske. Wahrscheinlich hatte er die doch auch bei der Entführung auf. Wie soll Wollmann seinen Entführer identifizieren, wenn er sein Gesicht nicht beschreiben kann? Es bleibt höchstens die Kleidung unseres Verdächtigen. Aber die ist so alltäglich, dass sie auf keinen Fall für eine echte Wiedererkennung ausreichen wird.«

»Normalerweise bist du doch immer der Mutmacher«, murmelte die Kommissarin. Sie ließ den Kopf hängen. Ihr Kollege legte seinen Arm um ihre Schultern: »Ich wollte dich nicht frustrieren. Wir sollten uns nur nicht zu viel Hoffnungen machen.«

Das wusste die Kriminalistin natürlich auch. Hinzu kam, dass sie inzwischen an Vogts Schuld zweifelte – obwohl es auch dafür noch keinen durchschlagenden Beweis gab. Doch wenn der Vereinschef nicht für den Mord an Marie verantwortlich war – wer sonst sollte es gewesen sein? Zu Fuß waren es nur ungefähr sieben Minuten von der Polizeistation bis zum Hospital. Der Arzt erwartete die Ermittler bereits: »Herr Wollmann kann noch heute entlassen werden. Sein Zustand hat sich stabilisiert, obwohl ihn die Nachricht von Marie Kruses Tod schwer getroffen hat. Er möchte Ihnen auf jeden Fall mitteilen, woran er sich jetzt wieder erinnert.«

Die Kommissare bedankten sich und gingen zum Krankenzimmer. Polizeimeisterin Britt Mölders saß auf einem Stuhl, der sich neben der Tür auf dem Flur befand.

»Moin, hier ist alles ruhig geblieben«, berichtete sie. »Ich konnte keine verdächtigen Gestalten bemerken, die sich für Wollmann interessiert hätten.«

»Danke, Britt«, erwiderte Mona. Sie klopfte und betrat den Raum. Dort wartete der Verletzte auf sie. Er hatte sich komplett angezogen und schien seine Entlassung kaum abwarten zu können. Dafür hatte Mona vollstes Verständnis. Sie war zum Glück nur selten krank oder verwundet.

»Moin, Herr Wollmann«, sagte sie mit einem freundlichen Lächeln. »Wir haben gehört, dass Sie uns etwas mitteilen möchten?«

»Ja, Frau Sander. Ich muss Ihnen unbedingt erzählen, was sich ereignet hat. Obwohl Sie mich danach wahrscheinlich nicht mehr nur als ein Opfer betrachten werden.«

Muss er unbedingt in Rätseln sprechen?, dachte sie. Aber sie bezwang ihre Ungeduld und sagte: »Am besten berichten Sie von dem Moment an, als Sie aus Ihrem Zimmer verschleppt wurden – das heißt, falls Sie sich daran jetzt wieder erinnern können.«

Wollmann nickte. Er schien nach den richtigen Worten zu suchen, bevor er begann: »Ich hatte mit den anderen Keglern etwas getrunken und war müde. Ich wollte mich in meinem Zimmer ausruhen, als plötzlich eine Frau durch die Terrassentür hereinkam. Erst ahnte ich nichts Böses, aber dann zog sie ein Messer.«

»Sie wurden also von einer Frau gekidnappt?«, vergewisserte die Kommissarin sich. »Können Sie die Person näher beschreiben?«

Wollmann schilderte eine Frau, bei der es sich zweifellos um Daphne Egger handelte.

*

Von dieser Neuigkeit wurde Mona völlig überrascht. Sie kam sich vor wie eine Comicfigur, über deren Kopf in Sprechblasen gleich mehrere Fragezeichen erschienen. Während sie die Information noch verdauen musste, wandte ihr Kollege sich an Wollmann: »Wie ging es dann weiter?«

»Die Entführerin signalisierte mir, ruhig zu sein. Ich war zu geschockt, um mich wehren zu können oder um Hilfe zu rufen. Also folgte ich ihr nach draußen. Sie führte mich querfeldein. Leider kenne ich mich auf Borkum nicht aus. Wahrscheinlich wäre ich auch zu ängstlich gewesen, um mir besondere Punkte merken zu können. Die Frau bugsierte mich in eine Senke zwischen zwei Dünen. Dort fragte sie mich: ‚Wer hat am Steuer gesessen?‘ Sie kam mir sehr wütend vor, beinahe hasserfüllt. Mir rutschte das Herz in die Hose, das können Sie mir glauben.«

»Aber Sie wussten, worum es ging, nicht wahr?«, hakte der Oberkommissar nach. Wollmann zögerte. Sein Gesichtsausdruck zeigte allerdings, dass ihm nur allzu bewusst war, was die Entführerin hatte wissen wollen. Seine Stimme klang belegt, als er wieder den Mund öffnete: »Es ist vor ungefähr einem halben Jahr geschehen. *Gut Holz* hat einen Kegelausflug ins Weserbergland gemacht. Ich musste nachkommen, weil ein dringender Auftrag nicht warten konnte. Norbert – also Herr Vogt – wollte mich in Hameln mit dem Kleinbus abholen. Der Zug war pünktlich, aber das Wetter miserabel. Es war schon dunkel, als ich im Weserbergland eintraf. Eine stürmische und regnerische Nacht. Aber ich freute mich, denn Norbert hatte eine schöne Überraschung dabei: Marie. Damals waren wir noch zusammen.«

Ein wehmütiges Lächeln erschien auf Wollmanns Gesicht. Seine Augen wurden feucht. Die Kommissare ließen ihm einen Moment Zeit, um sich zu sammeln. Dann fuhr er fort, ohne dazu aufgefordert zu werden. Scheinbar schien er sich die Dinge von der Seele reden zu wollen: »Am liebsten hätte ich meine Freundin umarmt und geküsst. Aber wir wollten ja unsere Beziehung vor den Vereinskameraden geheim halten. Sie können sich vorstellen, was für Sprüche vor allem Marie sich hätte anhören müssen. Es ist nie angenehm, zur Zielscheibe von Humor zu werden. Das habe ich an dem Abend noch gedacht. Norbert war nämlich in alberner Laune und zog Marie ständig mit ihren mangelhaften Fahrkünsten auf.

Schließlich wurde es ihr zu bunt. Sie verlangte, auf der Rückfahrt ans Lenkrad zu dürfen. Und das war fatal.«

»Aus welchem Grund?«, fragte Mona, obwohl sie die Antwort ahnte.

»Wir waren alle nicht mehr ganz nüchtern«, flüsterte Wollmann, als ob er plötzlich geheime Zuhörer fürchten würde. »Ich glaube, Marie und Norbert hatten schon vor der Hinfahrt etwas tief ins Glas geschaut. Wir leerten dann gleich noch auf dem Bahnhof gemeinsam eine Flasche Sekt, die unser Vereinschef mitgebracht hatte. Wahrscheinlich wäre ich von uns dreien noch am ehesten fahrtüchtig gewesen.«

»Doch nicht Sie, sondern Marie Kruse saß am Lenkrad«, stellte Enno fest.

»Richtig, Herr Moll. - Zu dem Landgasthof führt anscheinend nur eine wenig befahrene Nebenstraße. Und ausgerechnet bei dieser schlechten Sicht und der Dunkelheit kam uns ein anderes Auto entgegen. Marie hat es geschnitten, sie bemerkte es zu spät. Der andere Wagen kam von der Fahrbahn ab, stürzte einen steilen Abhang hinab und blieb auf dem Dach liegen. Wir waren geschockt. Und wir konnten uns nicht vorstellen, dass jemand den Unfall überlebt hätte.«

»Sie *wollten* es sich nicht vorstellen«, wütete Mona, »denn dann hätten Sie ja die Böschung hinabklettern und Erste Hilfe leisten müssen! Oder zumindest die 112 wählen!«

Wollmann konnte ihrem Blick nicht standhalten. Er senkte den Kopf und murmelte: »Wir konnten wirklich nichts mehr tun, das schwöre ich Ihnen!«

Mach dir nur weiter etwas vor, dachte die Kommissarin. Sie fragte: »Was geschah danach?«

Die Antwort lautete: »Norbert redete mit Engelszungen. Er könnte auch einem Eskimo einen Kühlschrank verkaufen. - Jedenfalls überzeugte er Marie und mich, über den Unfall Stillschweigen zu bewahren. Schließlich würde es niemandem nützen, wenn wir drei Ärger mit der Polizei bekämen. Und Marie wäre vielleicht Ihren Führerschein losgeworden.«

Die Kommissarin hatte keine Lust, sich weiter über seine Rechtfertigungen zu ärgern. Vielleicht musste dieser Mann so reden, um sein eigenes Gewissen zu beruhigen.

»Sie könnten mit einer Anklage wegen unterlassener Hilfeleistung und Beihilfe zur Fahrerflucht rechnen«, erklärte der Ostfriese. »Ist Ihnen bewusst, dass Sie sich soeben selbst zweier Straftaten bezichtigt haben?«

»Ja, das weiß ich. Aber ich will endlich reinen Tisch machen. - Außerdem habe ich alles, was ich Ihnen soeben gestanden habe, auch der Entführerin gebeichtet. Und ihre Reaktion ließ nicht lange auf sich warten.«

»Worin bestand sie?«, fragte Mona.

»Sie schlug mir mit einem Eisenrohr auf den Kopf, danach gingen bei mir die Lichter aus. Als ich wieder aufwachte, hatte ich alles vergessen und irrte zum Strand. - Und dort bin ich Ihnen begegnet, Frau Sander.«

Kapitel 18

Für einen Moment herrschte Stille in dem Krankenzimmer, bis sie von Ennos tiefer Stimme unterbrochen wurde: »Gehen Sie zurück ins Ferienhaus, Herr Wollmann?«

»Das habe ich vor. Diese Entführerin – ist sie noch auf freiem Fuß? Hat sie Marie auf dem Gewissen?«

»Unsere Ermittlungen sind noch nicht abgeschlossen«, erwiderte der Oberkommissar in bestem Beamtendeutsch. »Ich verspreche Ihnen, dass wir Sie auf dem Laufenden halten werden.«

Darauf erwiderte Wollmann nichts. Mona hätte zu gern gewusst, was jetzt in seinem Inneren vor sich ging. Sie hielt ihn eigentlich nicht für einen aggressiven Menschen. Andererseits hatte Daphne Egger – falls sie wirklich die Täterin war – diesem Mann eine schwere Kopfverletzung zugefügt und Marie Kruse getötet. Besonders der letzte Punkt wog schwer. Die Ermittler mussten damit rechnen, dass Wollmann zur Selbstjustiz greifen würde. Als die Kommissare das Zimmer verließen wartete Elsa bereits auf dem Flur. Sie sprang auf und warf den Ermittlern einen besorgten Blick zu.

»Wie geht es meinem Freund?«, wollte sie wissen.

»Das kann er Ihnen selbst erzählen. Passen Sie gut auf ihn auf«, erwiderte der Oberkommissar mit einem freundlichen Lächeln. Mona und Enno verabschiedeten sich. Als sie das Krankenhaus verlassen hatten, sagte die Kriminalistin: »Wir müssen Daphne Egger finden, bevor Wollmann es tut. Wer weiß, ob er nicht eine Dummheit begeht – obwohl seine Elsa ihn momentan wahrscheinlich nicht aus den Augen lassen wird. Daphne Eggers Ferienadresse wird er nicht kennen. Und ihren Namen haben wir weder ihm noch den anderen Keglern preisgegeben.«

»Das nicht, aber seine Erinnerung ist ja zurückgekehrt«, unterstrich ihr Kollege. »Wenn sie ihm auf der Straße begegnet, wird er wissen, mit wem er es zu tun hat. - Diese Dame hat uns jedenfalls ganz schön lange an der Nase herumgeführt, findest du nicht?«

»Das kann man wohl sagen«, gab Mona zurück. Zögernd fuhr sie fort: »Ich mochte die Frau, fand sie sympathisch.«

»Sie hat dir keinen Grund gegeben, anders über sie zu denken«, stellte der Ostfriese fest, »aber sie hat einen entscheidenden Fehler begangen. Wenn Daphne Egger nicht durch ihre Falschaussage

Norbert Vogt belastet hätte, wären wir ihr vielleicht niemals auf die Schliche gekommen. Sie hat sich sozusagen selbst ein Bein gestellt.«

Der Kommissarin lief ein kalter Schauer über den Rücken. Traf diese Annahme zu? Augenzeugen des Mordes gab es offenbar nicht. Die Täterin hatte sorgfältig darauf geachtet, dass keine Spuren von ihr selbst auf dem Metallrohr nachzuweisen waren. Mona erinnerte sich grimmig daran, wie sie gemeinsam mit der Mörderin nach der Tatwaffe »gesucht« hatte – dabei war der Gegenstand von Daphne Egger geschickt platziert worden. Wäre Vogt auch ohne die belastenden Angaben der Verbrecherin in Verdacht geraten? Ja, vielleicht.

»Die Verdächtige weiß noch nicht, dass Wollmann sich wieder an die Entführung erinnert«, dachte Mona laut nach. »Also nehmen wir sie mit zur Wache und konfrontieren sie mit dieser Neuigkeit.«

»Und wie soll es dann weitergehen?«, fragte Enno. »Wir müssen uns vor Augen führen, wie raffiniert diese Frau ist. Sie muss einfach nur leugnen, Wollmann verschleppt zu haben. Dann steht Aussage gegen Aussage. Jeder Rechtsanwalt, der sein Geld wert ist, würde auf die schwere Kopfverletzung des Opfers verweisen. Zweifel an der Richtigkeit seiner Erinnerung wären also gesät. - Wir benötigen mehr Indizien, um Daphne Egger das Handwerk legen zu können.«

Die Kommissarin wusste, dass ihr Kollege im Grunde recht hatte. Trotzdem erwiderte sie: »Wir stecken in der Zwickmühle, Enno. Einerseits stimme ich dir zu. Es sind noch zu viele Fragen offen. Aber wenn jetzt Daphne Egger auf freiem Fuß bleibt und Wollmann blutige Rache an ihr nimmt, dann kommen wir in Teufels Küche. Ganz abgesehen davon, dass wir auf Borkum keine Selbstjustiz dulden.«

»Wir müssen der Verdächtigen eine Art Bodyguard zur Seite stellen«, schlug der Oberkommissar vor. »Natürlich muss Daphne Egger unauffällig überwacht werden, damit sie nicht Lunte riecht. - Wie wäre es mit Aiske? Die ist erst heute von der Fortbildung in Hannover zurückgekehrt. Die Verdächtige kann unmöglich wissen, dass Aiske eine Polizistin ist. Wenn sie in Zivil die Mordverdächtige im Auge behält, sind wir auf der sicheren Seite.«

»Deine Idee gefällt mir, allerdings muss Oltbeck sie noch absegnen«, stellte Mona klar. Und dies würde gewiss nicht ganz einfach werden. Eine Einschätzung, die sich als zutreffend erwies.

Als die Ermittler wenig später im Büro des Dienststellenleiters saßen und ihn auf den neuesten Stand brachten, schien sein Gesicht immer länger zu werden: »Wie stellen Sie sich das vor, Frau Sander und Herr Moll? Erst beantragen Sie Personenschutz für diesen Wollmann ...«

Mona unterbrach ihn: »Das hat sich erledigt, er verlässt in diesen Minuten das Krankenhaus. Frau Mölders ist dort nicht mehr vonnöten. Die Mordverdächtige hat nicht versucht, sich ihm noch einmal zu nähern. Vermutlich nimmt Daphne Egger an, dass er durch den Tod Marie Kruses und seine Verletzung genug gestraft ist. Offenbar hat er bei diesem Unfall im Weserbergland nicht am Lenkrad gesessen, also trifft ihn nicht die Hauptschuld.«

»Ja, das ist auch so eine Sache«, erwiderte der Chef seufzend, wobei er seinen Kopf auf die Hände stützte: »Sie betrachten also diesen sechs Monate zurückliegenden Unfall im Weserbergland als das eigentliche Mordmotiv?«

»Genauer gesagt ist es die Fahrerflucht, die Daphne Egger zu der Tat getrieben haben dürfte«, vermutete Mona.

»Aber Sie haben noch nicht genug gegen diese Dame in der Hand, um sie verhaften zu können?«

»Nein, wir benötigen noch etwas mehr Zeit, Herr Oltbeck.«

Während die Kommissarin diesen Satz aussprach, schenkte sie ihrem Vorgesetzten ein optimistisches Lächeln. Ob es nun daran lag oder an der Aussicht, den Fall bald abschließen zu können – er ließ sich jedenfalls erweichen.

»Also gut, ich werde Frau Berend für die Aufgabe freistellen – aber zunächst nur bis morgen Abend!«, sagte Oltbeck. Die Kommissarin wäre ihm am liebsten um den Hals gefallen, beließ es aber lieber bei einem herzlichen Dankeschön. Sie und ihr Kollege gingen hinüber ins Wachlokal, wo Aiske Berend gerade mit Büroarbeit beschäftigt war.

»Für dich geht es in den Außeneinsatz, aber dafür musst du die Uniform ausziehen«, kündigte Mona an. Die Polizeimeisterin warf ihr einen fragenden Blick zu. Die Kommissarin begleitete sie in die Damen-Umkleide. Während Aiske die Kleider wechselte, erläuterte Mona die wichtigsten Punkte in dem Mordfall. Da ihre Kollegin während der letzten Tage auf dem Festland gewesen war, hatte sie von dem Verbrechen nichts mitbekommen. Aiske schlüpfte in eine

Jeans, außerdem trug sie nun ein rostfarbenes Sweatshirt, Sneakers und eine dunkelblaue Windjacke.

»Die Frau, die du observieren sollst, wohnt im *Hotel Teutonia*. - Und so sieht sie aus.«

Mit diesen Worten zeigte Mona ihrer Kollegin ein Bild von Daphne Egger. Nun erwies es sich als ein Vorteil, dass die Mordverdächtige als Chefsekretärin tätig war. Auf der Homepage ihres Arbeitgebers waren die wichtigsten Personen des Betriebs mit Foto und Firmen-Telefonnummer sowie Mailadresse mit Porträtfotos vertreten. Die Kommissarin hatte die Aufnahme von Daphne Egger nur auf ihr Smartphone herunterladen müssen. Aiske betrachtete das Bild: »Die Dame sieht sehr seriös aus.«

»Ja, und sie wirkt auch harmlos, wenn man mit ihr spricht«, warnte Mona. »Aber wenn unsere Annahmen zutreffen, dann hat sie ein Menschenleben brutal ausgelöscht. Daher musst du sie im Auge behalten.«

Die Kommissarin und die Polizeimeisterin gingen in das Büro der Ermittler, wo Enno inzwischen nicht untätig geblieben war.

»Ich habe Daphne Eggers Smartphone geortet«, erklärte er. »Momentan hält sie sich in ihrem Hotel auf.«

»Dann werde ich am besten gleich aufbrechen«, meinte Aiske.

»Ja, tu das«, sagte Mona. »Ich rufe den Hotelier an, um ihn über die Undercover-Aktion zu informieren.«

Natürlich kannte Hotelbesitzer Dirk Cordsen Aiske Berend, so wie alle anderen Borkumer Polizisten. Es musste verhindert werden, dass er sie ansprach und dadurch ungewollt ihre Tarnung auffliegen ließ.

»Besteht Gefahr für meine Gäste?«, wollte Cordsen aufgeregt wissen, nachdem Mona ihn telefonisch in Kenntnis gesetzt hatte.

»Nein, danach sieht es nicht aus, Dirk. Verhalte dich einfach ruhig. Wir versuchen, die Verdächtige so bald wie möglich festzunehmen.«

»Das wäre gut«, gab der Hotelier mit nervös klingender Stimme zurück. »Ich möchte ungern eine Mörderin bei mir beherbergen.«

»Noch steht ihre Schuld nicht fest«, betonte die Kommissarin und beendete das Gespräch. Dabei war sie inzwischen fest überzeugt davon, die richtige Person im Visier zu haben. Jetzt mussten sie und Enno nur noch alle offenen Fragen beantworten.

*

»Es wird bei den Kollegen in Hameln ein Protokoll zu dem Unfall geben«, meinte Enno. Er kontaktierte die zuständige Dienststelle. Der Kommissar, der vor einem halben Jahr an dem Fall gearbeitet hatte, hieß Brauer. Mona hörte den Wortwechsel mit, da der Telefonlautsprecher eingeschaltet war.

»Ja, das ist ein tragisches Unglück gewesen«, berichtete Brauer. »Bei schlechtem Wetter kam ein PKW abends von der Fahrbahn ab und stürzte eine Böschung hinab. Für den Fahrer kam jede Hilfe zu spät, seine Verlobte wurde am nächsten Morgen bewusstlos und verletzt von Wanderern gefunden. Soweit ich weiß, ist sie inzwischen wieder vollständig genesen.«

Zumindest körperlich, dachte die Kommissarin. Und dann fiel ihr das Detail an, an das sie nach der ersten Begegnung mit Daphne Egger keinen Gedanken mehr verschwendet hatte: der Verlobungsring! Warum hatte Mona nicht nachgefragt, was es damit auf sich hatte? Wahrscheinlich, weil sie Daphne Egger als eine Zeugin betrachtete, deren Privatleben für die Lösung des Mordfalls keine Rolle spielte. Während ihr diese Überlegungen durch den Kopf gingen, ging die Unterredung zwischen Enno und seinem Kollegen in Hameln weiter.

»Gab es Hinweise auf Fremdverschulden?«, wollte der Ostfriese wissen. Die Antwort lautete: »Die Verlobte sagte aus, dass sie Scheinwerfer eines entgegenkommenden Fahrzeugs gesehen hätte, bevor der Fahrer die Kontrolle über sein Auto verlor. Es ist uns nicht gelungen, diese Angaben zu bestätigen. Wie gesagt, der Unfall ereignete sich nach Einbruch der Dunkelheit – und zwar auf einer wenig befahrenen Nebenstrecke.«

»Sie haben doch gewiss Aufnahmen vom Fahrzeug, die Sie mir zukommen lassen können«, bat Enno.

»Ja, die suche ich Ihnen heraus«, versprach Brauer. Der Oberkommissar nannte dem Kollegen seine Mailadresse. Dann bedankte er sich und beendete das Telefonat. Enno schaute Mona nachdenklich an.

»Daphne Egger muss private Nachforschungen angestellt haben«, vermutete sie. »So stieß sie auf die Kegler aus Wuppertal. Dank der Onlinepräsenz von *Gut Holz* ist es kein Problem, ihre Aktivitäten zu verfolgen. Die Vereinsreise nach Borkum wurde auf der Homepage angekündigt. Unsere Verdächtige konnte also problemlos ebenfalls auf unsere Insel gelangen und dort mit den Menschen abrechnen, die sie für den Tod ihres Verlobten verantwortlich machte. Sie wollte unbedingt erfahren, welche von den drei Personen in der fraglichen Nacht am Steuer saß. Wollmann hat zugegeben, dass seine Freundin gefahren ist. Und dadurch unterschrieb er ihr Todesurteil.«

Monas Smartphone klingelte. Wessel war am Apparat. Im Hintergrund waren typische Hafengeräusche zu vernehmen – das Brummen von Schiffsmotoren, das Kreischen der Möwen und das Knarren der Taue.

»Ich konnte den Ladentyp bequatschen«, rief der Ganove stolz.

»Also hat er Ihnen eine Beschreibung der Person geliefert, die das Einweghandy gekauft hat?«

»Es kommt noch viel besser, Frau Sander! - Wie gesagt, ich kenne den Kerl schon länger. Er hat mir ein Foto seiner Überwachungskamera überlassen. Ich schicke es Ihnen gleich – und ich hoffe, dass meine Strafe wegen des Parfüms entsprechend milde ausfällt.«

»Das wird sich zeigen«, erwiderte die Kommissarin und beendete das Gespräch. Gleich darauf erhielt sie eine Bilddatei. Mona lächelte und zeigte Enno wortlos die Aufnahme. Der Oberkommissar setzte seine Brille auf und betrachtete das Display des Smartphones. Auf dem Foto war Daphne Egger zu sehen, wie sie in dem Laden ein billiges Handy kaufte. Ein akustisches Signal ertönte, da Enno eine Mail bekommen hatte.

»Der Kollege Brauer war fix«, stellte er fest. »Das musst du dir anschauen!«

Sie kam zu ihm herüber. Auf dem Monitor erschienen mehrere Polizeifotos des Unfallwagens. Die Schäden waren schlimm, aber Mona fiel ein Detail sofort ins Auge: Am Rückspiegel des fast völlig zerstörten Autos hingen zwei rote Würfel.

Kapitel 19

»Jetzt dürfte die Zeit für ein Verhör mit der Mordverdächtigen gekommen sein«, meinte Enno. Mona nickte.

»Wie gut, dass wir schon eine Kollegin vor Ort haben«, sagte sie und rief Polizeimeisterin Berend an.

»Ja, Mona?«

»Befindet Daphne Egger sich noch im Hotel, Aiske?«

»So ist es. Sie sitzt im Speisesaal und nimmt ein Abendessen zu sich. Ich glaube nicht, dass sie mich bemerkt hat oder misstrauisch geworden ist.«

»Behalte sie weiterhin im Auge. Wir sind in ein paar Minuten bei dir.«

»Alles klar«, erwiderte die junge Polizistin und beendete das Gespräch. Die Kommissare brachen auf. Obwohl es nicht weit bis zum *Hotel Teutonia* an der Jann-Berghaus-Straße war, nahmen sie ihren Dienstwagen. Falls Daphne Egger Widerstand leistete, würde sie mit einem Fahrzeug leichter abzutransportieren sein. Mona spürte, wie ihre Anspannung stieg. Immer wieder stellte sie sich die Frage, ob sie die Täterin früher hätte durchschauen können. Aber eine befriedigende Antwort fand sie nicht. Wenig später betraten die beiden den seit der Kaiserzeit im Familienbesitz befindlichen Beherbergungsbetrieb. Dirk Cordsen stand bei seinen Angestellten an der Rezeption. Der Hotelier mit den blonden Naturlocken machte einen hektischen Eindruck, aber das war bei ihm der Normalzustand. Nur die Polizisten wussten, dass er sich momentan wegen der Mordverdächtigen ganz besonders sorgte.

»Da seid ihr ja endlich!«, stieß er hervor.

»Bleib ruhig, wir haben die Lage im Griff«, versicherte Enno. Die Kommissare wollten sich auf keine längere Diskussion einlassen und gingen direkt zum Speisesaal durch, der sich ebenfalls im Erdgeschoss befand. Dort hatte sich Aiske Berend hinter einer der großen Marmorsäulen im Eingangsbereich postiert. Etliche Hotelgäste hatten sich zum Essen niedergelassen, trotzdem war der weitläufige Raum mit der hohen Decke nur zur Hälfte gefüllt. Daphne Egger saß allein an einem Tisch, von dem aus sie auf den Strand und die Nordsee blicken konnte. Nichts deutete darauf hin, dass sie misstrauisch geworden war. Mona, Aiske und Enno gingen direkt auf sie zu. Die Mordverdächtige blickte erst auf, als die Polizisten direkt vor ihr standen.

»Moin, Frau Egger. Wir möchten Sie bitten, uns zur Wache zu begleiten.«

Während die Kommissarin diese Worte aussprach, behielt sie die Tatverdächtige genau im Auge. Daphne Egger hatte ihre Mahlzeit fast beendet, Messer und Gabel hielt sie noch in den Händen. Sie schien zu ahnen, was Mona in diesem Moment durch den Kopf ging.

»Keine Sorge, Frau Sander – ich werde keine Dummheiten machen. Meine Mission ist erfüllt.«

Mit diesen Worten legte sie das Besteck auf ihren Teller, tupfte sich die Lippen mit einer Serviette ab und stand auf. Ihre Lippen wurden von einem wehmütigen Lächeln umspielt. Beim Verlassen des Speisesaals warf sie noch einen Blick Richtung Meer. Bevor sie in das Auto steigen durfte, wurde sie von der Kommissarin gründlich durchsucht. Doch die Polizisten fanden bei ihr weder Waffen noch gefährliche Gegenstände.

Im Verhörraum setzte sich Daphne Egger an den Tisch und faltete die Hände, als ob sie beten wollte.

»Sie stehen unter dem Verdacht, Joachim Wollmann entführt und verletzt sowie Marie Kruse getötet zu haben«, sagte Enno. »Sie können die Aussage verweigern, müssen sich nicht selbst belasten und haben das Recht auf einen Anwalt.«

Die Verdächtige schüttelte den Kopf. Sie erwiderte: »Wir können uns das alles sparen, Herr Moll. Ich habe diese Taten begangen, und ich bereue nichts. Es musste sein.«

Daphne Egger war damit einverstanden, dass die Befragung als Audiodatei aufgezeichnet wurde. Mona sagte: »Ich ahne inzwischen die Bedeutung der roten Würfel. Aber wir wollen von Ihnen hören, was es damit auf sich hat.«

Daphne Eggers Augen wurden feucht, als sie zu sprechen begann: »Die zwei Würfel – das waren unsere Glücksbringer. Mein Verlobter Tobias und ich hatten sie als eine Art Talisman am Rückspiegel unseres Autos befestigt. Leider konnten die Würfel uns nicht beschützen. Tobias – wurde getötet. Aber das haben Sie ja inzwischen herausgefunden, nicht wahr?«

»Ja, wir wissen von dem Unglück«, erklärte der Oberkommissar. Doch die Mörderin widersprach ihm: »So war das nicht, Herr Moll!

Diese Kegler haben uns von der Straße gedrängt. Und Tobias könnte vielleicht noch leben, wenn rechtzeitig Hilfe gekommen wäre. Ich habe die Scheinwerfer des anderen Wagens genau gesehen. Ich weiß nicht, ob Ihre Kollegen aus Hameln mir nicht geglaubt haben. Auf jeden Fall konnten sie den Kegelclub nicht finden.«

»Ihnen ist es hingegen gelungen«, stellte Mona fest.

»Nicht ohne die Hilfe eines Privatdetektivs«, gab Daphne Egger zu. »Ich war ziemlich sicher, dass uns kein normaler PKW entgegenkam. Das konnte ich trotz der schlechten Sicht erkennen. Also vermutete ich einen Kleinbus oder einen Camper. Die Gegend war einsam genug, und an dem Abend waren nicht viele Menschen unterwegs. Es dauerte nicht lange, bis der Detektiv auf diesen Kegelclub mit seinem Vereinsmobil gestoßen war.«

»Sie hätten mit der Information zur Polizei gehen können«, gab Enno zu bedenken.

»Daran habe ich ernsthaft gedacht«, behauptete die Täterin. »Aber wie realistisch wäre eine Anklage gewesen? Es gab ja keinen Zusammenstoß. Die Kegler hätten einfach nur behaupten müssen, uns nicht begegnet zu sein. - Also entschloss ich mich, die Sache in die eigene Hand zu nehmen.«

»Woher wussten Sie von dem Zwist zwischen Elsa Blank und Marie Kruse?«, fragte Mona.

»Um zu erkennen, dass die beiden Frauen einander nicht grün waren, musste man nur Augen im Kopf haben«, erwiderte die Mörderin. »*Gut Holz* kegelt ja in öffentlichen Lokalen, dort kann man die Truppe unauffällig beobachten. Ich bin leicht zu übersehen, wenn ich mich nicht in den Vordergrund dränge. Ich bekam auch mit, dass dieser Vereinsboss Vogt Marie Kruse mit seinen Blicken förmlich auszog. Es war anstrengend, immer wegen dieser Kegelabende von Paderborn nach Wuppertal zu fahren. Aber ich hatte ja ein Ziel vor Augen. Und mit der Zeit erfuhr ich immer mehr über diese saubere Truppe. Als dann die Borkum-Tour vorbereitet wurde, wollte ich die Gelegenheit nutzen.«

»Haben Sie den Würfel in Elsa Blanks Handtasche getan?«, wollte die Kommissarin wissen.

»Ja, obwohl es mir hauptsächlich auf ihr Smartphone ankam. Ich wollte die Daten auslesen, um beispielsweise Marie Kruses Nummer zu erfahren. Das klappte auch so weit, die Dame hat ihr Telefon nicht gut gesichert. Den Würfel platzierte ich als Verbeugung vor meinem toten Verlobten. Dass einer von den Keglern die Bedeutung versteht, habe ich nicht erwartet. Schließlich war es ziemlich dunkel, als unser Auto von der Straße abgekommen ist. Da hätte man wohl nicht die Würfel am Rückspiegel sehen können.«

»Und auch bei der Entführung und dem Mord hinterließen Sie einen Würfel«, stellte der Ostfriese fest. Die Täterin nickte und sagte: »Ja, und in den Fällen habe ich Farbe bekannt. Wollmann wusste genau, dass er und Vogt und Marie Kruse Schuld auf sich geladen hatten. Ich war so wütend auf ihn, dass ich zuschlug. Ich hielt ihn für tot. Aber immerhin erfuhr ich von ihm, wer damals am Steuer gesessen hat.«

»Also riefen Sie mit dem Einweghandy Marie Kruse an, um sie in die Schutzhütte zu locken?«

»Ja, Frau Sander. Als ich sie mit dem Vorwurf konfrontierte, begann sie zu jammern und zu flehen. Ich wurde so zornig, dass ich sie viel härter traktierte als ihren Freund. Sie hat Tobias getötet.«

»Darüber hätte ein Gericht zu entscheiden gehabt«, betonte Mona, der die Selbstgerechtigkeit dieser Frau zunehmend auf die Nerven ging. Von der Sympathie, die sie vor der Entdeckung der Wahrheit für Daphne Egger empfunden hatte, war nichts mehr übriggeblieben.

»Und warum wollten Sie den Verdacht auf Vogt lenken?«, erkundigte der Oberkommissar sich. Die Antwort lautete: »Er hat in der Nacht auch in dem Kleinbus gesessen, oder? Er verdient eine Strafe.«

»Und er wird sich für sein damaliges Verhalten verantworten müssen, genau wie Wollmann«, sagte Mona aufgebracht. Dann fuhr sie etwas ruhiger fort: »Sie sind hiermit festgenommen, Frau Egger. Heute Nacht kommen Sie in unseren Arrest, morgen werden Sie aufs Festland überstellt. Dort wird ein Richter über die Verhängung von Untersuchungshaft entscheiden.«

»Es ist mir egal, was jetzt mit mir geschieht«, behauptete die Mörderin. Enno brachte sie höchstpersönlich in den Arrest. Als er allein zurückkehrte, schaute er Mona prüfend an. Natürlich hatte er ihre tiefe Nachdenklichkeit sofort erkannt. Schließlich kannte er sie besser, als die meisten anderen Menschen es taten.

»War das jetzt ein Mord aus Liebe?«, fragte sie ihn. Er schüttelte den Kopf: »Für mich lautet das Motiv eindeutig Rache. - Und wir machen jetzt schleunigst Feierabend, damit Oltbeck nicht wegen der Überstunden im Dreieck springt.«

»Ja, diesen Anblick möchte ich mir ersparen«, erwiderte Mona lächelnd.

ENDE

Ostfrieslandkrimi-Empfehlungen des Klarant Verlages

Lernen Sie die Ostfrieslandkrimi-Serie **»Mona Sander und Enno Moll ermitteln«** von **Sina Jorritsma** kennen:

Friesische Inselidylle? Von wegen! Auf der ostfriesischen Insel Borkum lösen Kommissarin Mona Sander und ihr Kollege Enno Moll knifflige Mordfälle. Die emotionale Kommissarin geht bei der Verbrecherjagd gerne ihren eigenen Weg und scheut dabei kein Risiko … Bei der Krimireihe der Autorin Sina Jorritsma ist Hochspannung garantiert!

In der Serie sind bereits folgende Ostfrieslandkrimis erschienen:

»Friesenbraut«, Band 1
Taschenbuch-ISBN: 978-3-95573-557-9
eBook-ISBN: 978-3-95573-556-2

Auf der ostfriesischen Insel Borkum verschwindet eine Braut kurz vor der Eheschließung. Zunächst glauben die Kommissare Mona Sander und Enno Moll noch an einen dummen Streich. Aber wenig später wird das blutverschmierte Brautkleid gefunden. Ist die dunkelhaarige Schönheit einem Gewaltverbrechen zum Opfer gefallen? Die Inselkommissare finden Indizien, die aber nicht zusammenpassen. Hat der undurchsichtige Exfreund der Braut seine Hände im Spiel? Wer war an den geheimen Sex-Spielen im Ferienhaus beteiligt? Und welches Interesse verfolgt der machtbesessene zukünftige Schwiegervater? Dann findet die Polizei eine Leiche – und muss feststellen, dass die Dinge ganz anders sind, als sie auf den ersten Blick scheinen. Die Mörderjagd versetzt nicht nur die friedliche Nordseeinsel in Aufruhr, sondern wird auch zur persönlichen Herausforderung für Mona Sander. Sie wird selbst zur Zielscheibe des Mörders …

»Friesenkreuz«, Band 2
Taschenbuch-ISBN: 978-3-95573-552-4
eBook-ISBN: 978-3-95573-600-2

»Friesenlauf«, Band 3
Taschenbuch-ISBN: 978-3-95573-553-1
eBook-ISBN: 978-3-95573-618-7

»Friesenflirt«, Band 4
Taschenbuch-ISBN: 978-3-95573-542-5
eBook-ISBN: 978-3-95573-541-8

»Friesenwahn«, Band 5
Taschenbuch-ISBN: 978-3-95573-622-4
eBook-ISBN: 978-3-95573-623-1

»Friesenstalker«, Band 6
Taschenbuch-ISBN: 978-3-95573-688-0
eBook-ISBN: 978-3-95573-701-6

»Friesenjuwel«, Band 7
Taschenbuch-ISBN: 978-3-95573-764-1
eBook-ISBN: 978-3-95573-765-8

»Friesenwrack«, Band 8
Taschenbuch-ISBN: 978-3-95573-796-2
eBook-ISBN: 978-3-95573-797-9

»Friesenbarbier«, Band 9
Taschenbuch-ISBN: 978-3-95573-833-4
eBook-ISBN: 978-3-95573-832-7

»Friesenstrand«, Band 10
Taschenbuch-ISBN: 978-3-95573-875-4
eBook-ISBN: 978-3-95573-876-1

»Friesenlist«, Band 11
Taschenbuch-ISBN: 978-3-95573-934-8
eBook-ISBN: 978-3-95573-935-5

»Friesenblues«, Band 12
Taschenbuch-ISBN: 978-3-95573-954-6
eBook-ISBN: 978-3-95573-955-3

»Friesenanker«, Band 13
Taschenbuch-ISBN: 978-3-96586-009-4
eBook-ISBN: 978-3-96586-010-0

»Friesenkoch«, Band 14
Taschenbuch-ISBN: 978-3-96586-105-3
eBook-ISBN: 978-3-96586-106-0

»Friesenwürger«, Band 15
Taschenbuch-ISBN: 978-3-96586-146-6
eBook-ISBN: 978-3-96586-145-9

»Friesentango«, Band 16
Taschenbuch-ISBN: 978-3-96586-164-0
eBook-ISBN: 978-3-96586-172-5

»Friesenbrauer«, Band 17
Taschenbuch-ISBN: 978-3-96586-201-2
eBook-ISBN: 978-3-96586-202-9

»Friesendiebin«, Band 18
Taschenbuch-ISBN: 978-3-96586-276-0
eBook-ISBN: 978-3-96586-277-7

»Friesenpoker«, Band 19
Taschenbuch-ISBN: 978-3-96586-321-7
eBook-ISBN: 978-3-96586-322-4

»Friesenleiche«, Band 20
Taschenbuch-ISBN: 978-3-96586-355-2
eBook-ISBN: 978-3-96586-356-9

»Friesentrick«, Band 21
Taschenbuch-ISBN: 978-3-96586-408-5
eBook-ISBN: 978-3-96586-409-2

»Friesenschatz«, Band 22
Taschenbuch-ISBN: 978-3-96586-450-4
eBook-ISBN: 978-3-96586-451-1

»Friesenmagier«, Band 23
Taschenbuch-ISBN: 978-3-96586-485-6
eBook-ISBN: 978-3-96586-486-3

»Friesenruine«, Band 24
Taschenbuch-ISBN: 978-3-96586-513-6
eBook-ISBN: 978-3-96586-514-3

»Friesenraub«, Band 25
Taschenbuch-ISBN: 978-3-96586-549-5
eBook-ISBN: 978-3-96586-550-1

»Friesenrichter«, Band 26
Taschenbuch-ISBN: 978-3-96586-560-0
eBook-ISBN: 978-3-96586-561-7

»Friesenhummer«, Band 27
Taschenbuch-ISBN: 978-3-96586-614-0
eBook-ISBN: 978-3-96586-615-7

»Friesenkugel«, Band 28
Taschenbuch-ISBN: 978-3-96586-627-0
eBook-ISBN: 978-3-96586-628-7

»Friesendolch«, Band 29
Taschenbuch-ISBN: 978-3-96586-649-2
eBook-ISBN: 978-3-96586-650-8

»Friesengeiz«, Band 30
Taschenbuch-ISBN: 978-3-96586-667-6
eBook-ISBN: 978-3-96586-668-3

»Friesendiva«, Band 31
Taschenbuch-ISBN: 978-3-96586-689-8
eBook-ISBN: 978-3-96586-690-4

»Friesenteich«, Band 32
Taschenbuch-ISBN: 978-3-96586-700-0
eBook-ISBN: 978-3-96586-701-7

»Friesensilber«, Band 33
Taschenbuch-ISBN: 978-3-96586-707-9
eBook-ISBN: 978-3-96586-708-6

»Friesenfisch«, Band 34
Taschenbuch-ISBN: 978-3-96586-743-7
eBook-ISBN: 978-3-96586-743-7

»Friesenduell«, Band 35
Taschenbuch-ISBN: 978-3-96586-764-2
eBook-ISBN: 978-3-96586-765-9

»Friesenwürfel«, Band 36
Taschenbuch-ISBN: 978-3-96586-795-6
eBook-ISBN: 978-3-96586-796-3

Klarant Verlag

Lernen Sie die Ostfrieslandkrimi-Titel des Klarant Verlages kennen und besuchen Sie uns im Internet unter:

www.ostfrieslandkrimi.de

und

www.klarant.de

Sie können dort Näheres über unsere Autorinnen und Autoren erfahren, viele weitere interessante Bücher und eBooks finden und Leseproben herunterladen. Mit dem kostenlosen Newsletter auf

www.ostfrieslandkrimi-lesen.de

erhalten Sie aktuelle Informationen rund um das Verlagsprogramm, wie beispielsweise spannende Neuerscheinungen und Gewinnspiele.